ブラッドライン

黒澤伊織
KUROSAWA Iori

文芸社文庫

目次

ブラッドライン

第１章　アラルスタン共和国

舞い上がった砂埃に、空は黄色く染まっていた。

連日、照りつける日差しに井戸は濁り、地面は乾いてひび割れている。動物の死骸を撫《な》でる風はその水分を奪い取り、彼らをたちまち白骨へと変える。死者が大地に還っていく間、生者はその喉を焼くような熱風に喘《あえ》ぎ続ける。

ここは中央アジアに位置する、アラルスタン共和国。砂漠気候に属するこの国の乾期は半年以上も続き、その間、雨は一滴も大地に落ちることはない。

人が生きるには厳しい土地だった。だというのに、さらにそこに生きる者を苦しめるかのように、この国は戦争の最中にあった。

民は貧しかった。それでも皆、つましく暮らしていた。そこに人間が存在する限り、絶えることなく、人々の営みは続いていくのだ。

それを証明するかのように、黄色い風の中からは、子供たちの歓声が聞こえていた。

見渡す限り同じ色をした大地には、定規を当てたように一直線に、だだっ広い道が伸びている。彼らはそこでボール遊びに興じていた。

しかし、その母親たちはといえば、揃いも揃って顔半分を布で覆い隠し、日干しレンガを積み上げた家の中で、疲れ果てたように口を閉じていた。目が潰れそうなほどの陽光が入り込まない屋内は涼しく、暗い安寧《あんねい》に満ちている。


このテ・ダク村の住人は女子供ばかりの二十人ほどで、中には戦闘の激しい首都から落ち延びてきた者もいた。着の身着のままで逃れてきた彼女たちの持ち物は、ごくわずかだ。そのわずかな持ち物の中に、一台の古びたラジオがあった。

そのラジオは、土を踏み固めただけの床の上に置かれていた。音は聞こえないが、壊れているわけではない。ただスイッチが押されていないだけのことだ。

しかし、たとえスイッチが押されていたとしても、そこから流れるのは、アラルスタン政府が伝える政情や、民衆が信じる偉大なる神の教えで、ラジオパーソナリティの楽しいおしゃべりではない。

だから、ラジオが沈黙を強いられているのは、その代わり映えしない放送のせいでもある。しかし、それ以外にも理由があった。

暗い屋内でぼんやりしているように見えても、母親たちは、はしゃぐ子供の声の向こうに注意深く耳を澄ませていた。空を戦闘機が飛んできはしないか、地を揺るがしながら軍用車が向かってきはしないか——。

いま、彼女たちの耳に聞こえないというだけで、いまも、この国のどこかでは銃声が響き、誰かの命を奪っているはずだった。

そして、彼女たちはそれを身をもって知っていた。なぜならほんの数日前、その「どこか」はこの村で、「誰か」はこの村の幼い少女だったからである。

殺された少女は、この村に住む母親と戦争で生死のわからなくなった父親の娘であり、離れた町に住む祖父母の孫であり、遊び回る子供たちの友人であり、そして何より、アリーという少年の妹だった。

その少年、アリーは、道でボールを追いかける子供たちに加わることなく、壁に開いた小さな穴に人差し指を突っ込んでいた。

レンガに無数に開いた、幼い彼の指がやっと入るくらいの小さな穴。それは一つ一つが銃弾の痕で、彼の妹を殺したアメリカ兵が撃ち込んだものだった。

この厳しい日差しの下では、白すぎる肌と青すぎる目をした彼らは、アラルスタン人である黒い目と褐色の肌をした少女を殺した。それはなぜか。もちろん、国がアメリカと戦争をしているからだ。

しかし、このアリーの生まれた国、アラルスタンは、初めからアメリカと戦争をしていたわけではなかった。二十年という長きにわたりアラルスタンが争っていたのは、隣のラザンという国だった。

その両国の争いにアメリカが首を突っ込んだのが十年前だ。そして、どういうわけかアメリカとラザンは手を結び、戦争はますます激しくなった。

アメリカのせいでこの戦争はいつまでも終わらない、と母親が言うのをアリーは聞いたことがあったが、そもそも戦争が始まったのは彼の生まれる前であったし、幼い彼にはわからないことだらけであった。

それに、二十年、戦争を続けているといっても、それは今回の戦争が始まったのは二十年前だというだけで、そのずっと以前からアラルスタンとラザンは争いを続けていた。

ラザンは、私たちが神より授かった土地を騙《だま》し取ったのよ――アリーの母は、毎夜、寝しなに物語を語って聞かせた。

――昔々のことだ。この黄色い砂地に緑が生い茂り、天より水は恵まれ、アラルスタンの人々が豊かに、平和に暮らしていたころ。北より五人の人間がやってきた。彼らは自らをラザンと名乗った。ラザンは言った。

『この森は素晴らしい。私たちにも住まわせてもらえませんか』

その願いを、アラルスタン人は快く受け入れた。

『森は広く、食べ物は豊富だ。どうぞ、あなた方もいらっしゃい』

しかし、それは悪いラザンの企《たくら》みだった。彼らが住む北は土地が貧しく、家畜も貧する有様だった。そのため、彼らはアラルスタン人の住む森を奪い、自分のものにしてしまおうと画策していたのだ。

先に森へ来た五人はスパイだった。彼らは大軍を引き入れる役目を、ラザンの長《おさ》より預かっていたのだ。そうとは知らないアラルスタンの人々は、彼らを手厚くもてなした。

しかしある夜、ラザンの長《おさ》率いる大軍が押し寄せた。冷酷無比な彼らはそこにいたアラルスタン人を皆殺しにし、それだけでは飽き足らず、アラルスタン人の死体を大地に並べ、それを国の境とした。

『ここから先は、ラザンの土地である』

アラルスタンの人々は怒った。そして殺された仲間のため立ち上がった。果たして、戦《いくさ》の火蓋は切って落とされた。その結果、勝利したのはアラルスタンの人々だった。

彼らは国境に晒《さら》された仲間に報いるため、今度は切り落としたラザン人の首を並べ、それを国の境とした。

するとそれを見たラザン人は激高し、その日のうちに残った兵士をかき集め、森に火を放った。

その翌日、燃えさかる森から生き延びたアラルスタンの人々は——。

争いは続き、どちらかの国がその境を示すたびに血は流れ、大地に染みこんでいった。激しい争いに豊かな森は消え、いつしかそのどす黒い染みは、消えることのない線となって両国を隔てるようになった。

それがアリーたちの言葉でサーカカナジュル、アメリカ語でブラッドライン——そのまま現在の国境である。それは両者が決して理解し合うことがないという、未来永劫の証《あかし》であった。

ブラッドラインの黒い染みは、アラルスタンにラザンの蛮行を、ラザンにアラルスタンのそれを思い出させ、双方の憎しみを蘇《よみがえ》らせた。

蘇らせるばかりではない、それを強め、未来へと深く深く刻み込んだのだ。

国境近くの町に生まれたアリーの母親は、できることなら——自分も母にそうされたように――その恐ろしい染みを息子にも見せたいと思っていた。

そうすれば、ラザンがどんなに残酷な行為をしたのか、頭ではなく、魂で理解できるだろうと思ったからだ。そして子々孫々、忘れることなく語り継いでいってほしいと願ったからだ。

けれど、アリーが壁の銃弾をほじくり返しているのは、何も妹を殺されたことを忘れずにいるためではなかった。

彼が生まれるずっと前から、この世界は争いに満ちていた。

だからアリーにとって、この世界に絶えず銃弾や大砲の音が満ちていることも、それが誰かの命を奪うということも、別段不思議なことではなかったし、むしろどうしたら忘れられるのか、わからなかった。

しかし、世界が争いに満ちているということと、それが妹の命を奪ったということは別だ。それがどんなに日常的なことでも、死は悲しく、理不尽なものだった。

そうはいっても、やはりそれはアリーの世界ではよくある出来事なのだった。

雨粒を落とさない空に祈りはしても為《な》す術《すべ》がないように、何の理由もなく妹を撃ったアメリカ兵に、アリーは――彼だけではなく村中の人々が――為す術はなかった。

少女はただ殺された。アメリカ兵はその死を悲しむでもなく、弄《もてあそ》んだ。

彼らが行ってしまったあと、母親は泣きながら彼女を砂地に埋めた。そこには小さな土饅頭《つちまんじゅう》ができた。ラザン人と同様に、アメリカ人も残酷なのだということを、アリーはその死から学んだ。

妹が死んだその日から、彼は大切にしていたサッカーボールを手放し、子供たちの輪に加わらなくなった。

かといって他にすることもなく、手慰《てなぐ》さみにレンガに開いた穴をほじくり返すことに集中していたのだ。


アリーは無心に指を動かしていたが、弾はレンガの奥深くまでめり込んでいて、なかなか指先に当たらなかった。乾いた土くれが爪に食い込み、ぱらぱらと地面に落ちていく。

それでも諦めることなく穴をほじくっていると、真っ直ぐな道の遠方に砂が舞い上がるのが見えた。

「車だ！」

ハンターを見つけた動物のように、子供たちが一斉に首を伸ばす。その声に、母親たちが慌てて「家へ入りなさい、早く」と繰り返す。

驚いたアリーも屋内へ駆け込もうとして——その瞬間、道ばたのサッカーボールに目が吸い寄せられた。錯覚に違いないのだが、それが死んでしまった妹であるような気がした。

　取りにいかなければ——アリーは弾かれたように道を渡り、砂で汚れたボールを抱きしめた。本能のままに地面に伏せる。

　アリーの動作とほぼ同時に、砂埃を舞い上げ、彼の真横をトラックが通り過ぎていった。荷台に幌《ほろ》のついた、大型のトラックだ。通り過ぎざまに顔を上げると、一目でアラルスタン人とわかる男たちに紛れて、頭に麻袋をかぶされた捕虜が乗せられていた。

　アメリカ兵だ——首から下の見覚えのある軍服を見て、反射的にアリーはそう思う。

「アリー！」

　そのとき、母の声が聞こえた。見ると、戸口で母がおろおろとしている。アリーはボールを抱えたまま母の元へ走った。

「すぐに家に入らないとだめでしょう」

　アリーが母に駆け寄ると、彼女はほっとしたように彼を抱きしめた。布越しの声はくぐもって、その目は潤んでいる。本当のところ、家に駆け込んだところで命が助かるはずもないのだが、アリーはうつむくようにして、うなずいた。

　すると、抱えたボールの「M」という文字が目に入った。消えかかったその文字は、不思議と彼の心を和らげた。

「……アメリカ人が捕まってた」

ボールを見つめながら、アリーは独り言のように言った。母親が悲しむことはわかっていたため、妹を殺したやつかな、とは言わなかった。息子のつぶやきに、母は短く「そう」とだけ言った。

皆、警戒しているのだろう、トラックの通り過ぎた道に、子供たちは一人も出てこない。

「ラジオつけてもいい？」

冷たい床に座り込んだアリーは、そう言うなりスイッチを入れた。ざあざあと嵐のような音の奥から、小さくニュースが流れてくる。

「だめよ、アミールが寝てる」

母親はそう言って、隣室に視線をやった。そこでは、今年生まれたばかりの赤ん坊が眠っている。妹が死んだいま、彼にとってたった一人の弟だった。

アリーは素直にスイッチを切ろうとした。しかしその瞬間、母親が小さく悲鳴を上げ、彼を制した。

『……が、ブラッドラインで見つかりました。繰り返し、伝えます――』

母親は目を見開いて、ラジオを凝視した。アリーはどうしたことかと彼女を見上げた。ラジオから聞こえてくる声は、少し震えているようだった。

『繰り返し――伝えます。ブラッドラインで昨夜、世界的歌手であるM氏が……射殺体で発見され――本放送で流された……アルバム「エンドレス」の発表以来――我がアラルスタンへは、慈善活動のため――アメリカ人であるM氏が――紛争地帯へ赴《おもむ》いた目的は不明で、政府は………殺害したとみられる――ラザンを非難する姿勢を――』

ラザン。その単語が流れた途端《とたん》、母の顔がゆがんだ。異常な気配を察してか、赤ん坊が泣き出した。

母は我に返るとすぐに隣室に走り、彼を抱き上げると、優しく揺らした。けれどその動きはどこかせわしなく、赤ん坊のためというよりも彼女自身の動揺を静めたいがための動作にも見えた。

M。

アリーはまじまじと手のボールを見つめ、記されたアルファベットをなぞるように触れた。すると、思い出そうと努力せずとも、その人の姿はすぐ脳裏に浮かび上がった。

『僕たちの国には、爆弾で家を壊される人も、兵士に撃たれて死ぬ子供もいない』

かたわらの通訳に訳された彼の言葉を聞きながら、アリーはじっとその人の顔を見上げていた。

それは、このテ・ダク村に避難する前の、首都での出来事だった。生まれてはじめて見る色つき眼鏡、その向こうの目はとても優しげで、アリーは、その姿を焼きつけるように見つめていた。

男性だというのに女性のような長い髪も、体にぴったりと張りついた真っ白い服も、世にも奇妙なものに見えたが、それでも人を惹きつける何かを、彼は持ち合わせているようだった。

自分を見つめる少年を、彼は真っ直ぐ見つめ返した。そして、こう言った。

『いいかい。僕たちの国では、君の年頃で銃を持たされることも、毎日お腹いっぱい食べられないことも、学校へ通えないことも、どれも考えられないことなんだ』

しかし、アリーは彼のその言葉を理解できなかった。

彼より少し大きな少年が銃を持つのは普通だし、いつもお腹がすいているのは当たり前で、学校なんて特別な理由でもない限り行くところではなかった。

だから、もしかしたら通訳ができたらめを言っているんじゃないだろうか、彼は顔をしかめたのだろう。すると、彼は悲しそうに笑った。それからアリーの頭を撫でた。

そして、奇妙な問いかけをした。

『もしも僕が死んだら、君は祈ってくれるかい？』

どういう意味だろう、アリーは首をかしげたが、そのとき彼の片手に新品のサッカーボールがあることに気づき、大きく何度もうなずいた。きっとここでうなずかなければ、そのボールは自分のものにはならない、それくらいは小さな彼にも理解できることだった。

『約束だよ』

アリーがうなずくと、その人は微笑んだ。それから太いペンでボールに「M」と記すと、来たときと同じように大勢の人に囲まれながら去っていった。

あの人はいい人だったな、新品のボールの匂いに胸を震わせながらアリーは思った。彼が一体どこの国の人で、何をしに来たのか、そのときのアリーは考えてみようともしなかった。

けれど――いまラジオを聞き、その人の正体を知ったアリーは息を呑《の》んだ。ラジオの言葉を信じるなら、その「いい人」であったはずの彼は、妹を殺した人間と同じアメリカ人だというのだ。

「お母さん――」

アリーはつぶやいた。

いつの間にかラジオからは彼の歌が流れていた。異国語の歌詞はまるでわからない。けれど、ラジオの中の彼はあのときと同じ優しい声で、それは綺麗な旋律を歌い上げていた。

「祈るのよ」

ぼんやりと歌を聴いていると、母が強い力でアリーの肩をつかんだ。

「祈る……？」

アリーは口の中で繰り返した。

アラルスタンには、その神の定めた、死者を送る祈りがある。死者の魂が迷わず次の世へ行けるように願う、もっとも神聖な祈りである。その神聖な祈りの言葉を、果たしてアメリカ人に唱えていいものなのか。

しかし、アリーは思い直すと、素直に目を閉じ祈りを唱えた。約束だよ――そう言って微笑んだ彼への、ボール一個分の祈りだった。

第2章　アメリカ合衆国

秋晴れの空に星条旗がはためいている。秩序が保たれるべきこの場所において、青々とした芝生は一分の隙もなく刈り揃えられ、赤い花の咲く花壇は雑草の一本もなく手入れが行き届いている。

二百余年もの間、政治の中枢として機能し続けてきたホワイトハウス。ここはアメリカ合衆国の威厳と誇りの象徴であり、その揺るぎない姿は、国の姿勢そのものでもある。

その名のとおり白い建物の東——イーストウィングのオフィスから、一人の女性が現れた。大統領補佐官である彼女は美しい顔を物憂げに曇らせながら、それでも動作はきびきびと渡り廊下を抜け、大統領執務室のあるウエストウィングへ向かう。

彼女が胸に抱くのは、約三十分後——正確に言えばあと三十一分十二秒後に行われる会見で、大統領が読み上げるスピーチ原稿だった。専属スピーチライターによって仕上げられたばかりのそれを、あときっかり一分以内に執務室へ届けるのが、目下《もっか》の彼女の仕事である。

その彼女の手によって静かに扉が開かれたそのとき、アメリカ合衆国大統領トーマス・バチェラーは電話中であった。そこへ置いてくれ——彼は目顔《めがお》でそう示すと、彼女は指示どおりに薄いファイルを机上に置く。そして、すぐさま踵《きびす》を返した。

執務室を出ていく美人補佐官の後ろ姿を、右肩に受話器をはさんだまま、バチェラー大統領はちらと見やった。

胸は小振りだが、あのタイトスカートの下でしっかりと張りつめた尻は、さぞかし触り心地がいいだろう。彼女を見るたび考えることだ。あの尻にはバチカンの教皇さえあらがえないに違いない。

だらしなく口元を開いたとき、電話の向こうから訛りのきつい英語が繰り返された。

「聞いているのか？　司法解剖は済んだのだろう、結果はどうだった」

「……発表のとおりだ。遺体は、間違いなく彼だった」

気がそれていたことを悟られまいと、バチェラーは咳払いをし、重々しく答えた。

「遺族が確認をし、歯科医療の記録も合致した」

「それなら銃弾は？　彼を殺した銃弾は、どこのものだと——」

通話の相手——ラザン独立国のアハマド首相が矢継ぎ早に問いかける。舌打ちを我慢して、バチェラーはそれを一蹴した。

「首相。銃弾から使用された銃の種類はわかっても、犯人が誰かはわからない――」

「いや、しかし」

それでもアハマドは食い下がった。

「撃った銃がわかれば、あとはその銃を探し出して――」

「警察機能も働いていない紛争地帯で、それは無理があるのでは？」

ラザンの首相が言いたいことを理解しながらも、バチェラーはあえて突き放した。

「彼を殺害したのはアラルスタンのテロリストであろう、ということで、我々の見解は一致したはずだ。それとも……何ですかな、ラザン軍のほうから、事故で彼を殺してしまったという報告でもあったのでは……」

「とんでもない！」

慌てふためいたアハマドが、鼓膜を破りそうな大音声を上げた。

「あなたもラザンでの彼の人気を知っているはずだ。M氏はスターだ。彼の訪問時には空港に全国民が押しかけるほどの騒ぎだったし、その歌はテレビやラジオで一年中流れている。テロで両親を失った子供たちのために立派な施設を寄付してくれたのも彼で、そのほかにも井戸の掘削《くっさく》や慈善コンサートや……。いいですか、このラザンに彼を愛する人はいても、憎む人など一人もいない。あの血も涙もないアラルスタンのテロリストどもと違って、ラザンの民は礼節をわきまえた素晴らしい国民性を持っており――」

「しかし、誰もスターが一人で国境線をうろついているとは思わないだろうよ」

弁舌を振るう首相を無視して、バチェラーは独り言のようにつぶやいた。つぶやきながら、ため息を漏らした。アハマドの言葉にではない。この不可解で傍迷惑《はためいわく》な男の死についてだ。

奇抜な衣装に圧倒的な歌声と楽曲。Mはデビューするや否や、瞬く間にスターダムを駆け上がった。その素性には謎が多く年齢さえ非公表だったが、彼のパフォーマンスを前に、そんな些細なことを気に留める人間はいなかった。

世界中がMの虜《とりこ》になった。彼はアメリカのみならず、世界のヒットチャートの常連となったのだ。

名声は、彼の名で行われるチャリティー活動で、さらに大きくなった。彼自身も貧しい国を訪問しては、ライブを開いたり曲を無償でラジオ局に提供したりするなど、普通では考えられない寛容な計らいをした。

その活動のおかげだろう、ある探検家が、アメリカ人として初めて到達したチベットの奥地で、彼の歌を口ずさむ子供に出会ったという話は有名だ。Mは文字どおり、世界中の人々に知られたスーパースターであったのだ。

そんなスーパースターの死――Mの死亡という一報がホワイトハウスに飛び込んできたのは、つい二十四時間前のことであった。
それもただの死ではない。彼はラザン独立国とアラルスタン共和国の国境地帯――通称ブラッドラインにて、射殺体で発見されたのだ。

「――スターが国境線をうろついているとは思わないだろう、だと？　それは我が国の、つまりラザンの兵士が、彼と気づかずに射殺したとでも言いたいのか？」

運悪く、つぶやきは電話の向こうに届いたらしい。アハマドが怒りを込めた口調で言った。思わず出そうになったため息を飲み込み、バチェラーは首を振った。

「可能性はある、というだけだ。先ほども言ったとおり、我々の見解は――」

「そうだ。犯人はわかりきっている。ヤウームだ。Mを殺したのはやつらに違いない！」

唾《つば》が飛んできそうな勢いで首相が叫ぶ。彼を殺したのはヤウームだ――こちらは、初めからそう言っているというのに。バチェラーは頭を抱えて目を閉じた。

ヤウームとは、アラルスタンのテロ組織の名称である。

彼らの言葉で「牙」を意味するその組織は、ウサマ・ビン・ラディン率いたアルカイダを彷彿《ほうふつ》とさせるテロリストたちの集まりだ。であると同時に、ラザンとアラルスタンの戦いに首を突っ込んだ、アメリカの目の上のたんこぶでもあった。

事の始まりは十年前、ラザンで大規模な油田が発見されたことによる。

近代社会において欠かせぬ資源である石油。それをいかに他国よりも多く手に入れるかが、この世界で力を持つ条件の一つとなる。世界一を自負するアメリカにとって、ラザンで見つかった油田は、何が何でも手に入れなければならないものだった。

アメリカはラザンに開発を打診した。油田の開発のみならず、それを輸送するパイプラインの建設計画まで打ち出したのだ。

果たして、ラザンは快く計画をのんだ。しかし、そのときに一つきり、条件をつけた。それが、有史以来ラザンが争い続ける、隣国アラルスタンの政情安定である。

その条件を、アメリカも二つ返事で承諾した。というのも、それはアメリカにとっても必要なことだったからだ。なぜなら、パイプラインは争う両国の国境線――ブラッドライン上を走る計画だったからである。

ブラッドライン。そこは、かつて両国の争いで流された血が国境線になったという謂《い》われのある土地である。双方の戦死者を並べ国境としたことで、その血が大地に黒く染《し》み付いたというのだ。

断りを入れるまでもなく、迷信である。しかし争う両者が信じているのだ、頭から否定するわけにもいかなかった。

だからこそ、バチェラーはラザンのアメリカ軍駐屯基地を訪れた際、そのブラッドラインの前で「この地を再び血で汚《けが》すことのないように」などと、もっともらしいスピーチをした。けれど、そうしながらも、内心の馬鹿馬鹿しいという思いは消えなかった。

目の前の砂地を横切る黒い線。それは人間の血の染みこんだ跡なのだと言われて、誰が素直に信じるだろう。

たしかに、その黒は見ようによっては禍々《まがまが》しく、乾いた血液に見えなくもない。しかし、それが本当の血液ならばすぐに風化して、何千年も残るはずがないだろう。何らかの地層が剥《む》き出しになった、くらいの説明が妥当といえる。

迷信の真偽はさておき、アラルスタン平定のため、アメリカはラザン軍とともに戦った。最新の無人機を使用した戦闘はすぐに決着がつくと思われたが、アラルスタン軍の抵抗は予想以上に激しく、戦闘は泥沼の様相を呈《てい》した。

そして、アメリカが薄々恐れていたことが起きた。彼らの攻撃手段が正々堂々の軍隊によるものではなく、卑怯極まりないテロに傾きはじめたのだ。一度テロが行われると、そのあとは早かった。連日、ラザンの町では爆弾テロが実行された。兵士ではなく、罪のない民衆が犠牲となった。

事が予想外の方向へ進んでいくと、言われずともアメリカ軍部の頭には浮かんでくるものがあった。9・11の惨状だ。

行方不明者を含めれば二千九百七十三人ものアメリカ人が犠牲となった、あの忌まわしき日。アメリカ全土が悲しみに震え、あってはならない犠牲を嘆き、為されなかった正義を声高に訴えた、あの一日。

彼らの尊い命によって刻まれた教訓を、アメリカは決して忘れなかった。だからこそ、バチェラー以下、軍部の意見は完全な一致をみた。未来へ禍根を残すことのない、特別な軍事的制裁をアラルスタンに課すことを――。

「しかし……」

先ほどまで怒鳴り散らしていたアハマドの声が、ふと勢いを失った。彼の言いたいことを察知して、バチェラーも口をつぐんだ。

懸念はヤウームのことだった。彼らがMを殺した――アメリカとラザンの見解は一致しても、そこには微量のためらいが残る。それは、ラザンから到着したMの遺体の様子と、それからヤウームが彼の殺害声明を出さずに沈黙を続けていることだった。

Ｍはおなじみの白い衣装に身を包み、一発の銃弾で心臓を貫かれていた。他に損傷はなく、拘束された様子も見受けられない。もし殺害がヤウームの手によるものなら、それはおかしなことだった。

なぜなら、彼らがＭを人質に取らず、そのまま殺すとは考えにくい。世界中で有名な彼は、アメリカ政府と交渉する最良の材料となるからだ。

実際、彼らはさまざまな国のジャーナリストたちを拘束し、その命と引き替えに身代金を要求している。もしＭが拘束されたとなれば、テロリストと交渉しないことを信条とするアメリカ政府も、さすがにその死を黙って見ているわけにはいかなかっただろう。

ではなぜテロリストは交渉をしなかったのかと考える。すると、彼らは交渉したくてもできなかったのではないかという考えに行き着く。つまり、何らかのアクシデントで、Ｍが死んでしまったという場合だ。そう考えれば、説明はつくだろうか。

否、それでも疑問は残った。交渉前にやむなく彼を殺害したとして、ヤウームがそう声明を出さないとは考えにくいのだ。彼らにとって、殺害はその残忍さを示す勲章であり、いわんやそれがＭならばその勲章の価値は計り知れない。必ず声明を出すはずだ。

それからもう一つ、バチェラーが胸にとどめている事実があった。

それは、彼の心臓を撃ち抜いた銃弾は、テロリストが頻用《ひんよう》する自動小銃から発射されたものではないということだった。その銃弾は、一般的な拳銃から発射された9ミリ弾であった。

けれど、バチェラーはこの事実を公表する気はなかった。

彼を殺害したのがどんな銃弾であれ、そこは紛争地帯だったのだ。彼の殺害はヤウーム以外あり得ない。

それに、バチェラーにはそう断定しなければならない責任があった。なぜなら、その断定された事実こそが、アラルスタンへの特別な軍事作戦を後押ししてくれるからだ。

バチェラーは、明るい口調を装《よそお》った。

「しかし、アラルスタンでも彼の歌は人気があったらしいからな。殺してしまったはいいが、ヤウームも世界中にいる彼のファンを恐れて、声明を出すに出せないジレンマに陥《おちい》っているのかもしれん」

それは口から出任せだったが、彼は自分の言葉に満足した。その台詞はある意味真実だった。ヤウームがそう考えたとしても不思議ではないくらい、Mの人気は普遍的だったのだ。だからこそ、アハマドも懸命に訴えているのだ。Mを殺したのはラザンの銃弾ではない、と。

これは、たかがミュージシャン一人の死だった。されど、その死は慎重に扱う必要のあるニュースだった。

「そうだ、そうに違いない。とにかく我が国は一切この件に関与していないということを、はっきりさせておかなければ――」

何かのスイッチが入ったかのように、アハマドが同じ話を繰り返しはじめる。バチェラーは生返事をしながら、補佐官が置いていったファイルに手を伸ばした。

『M氏への弔辞《ちょうじ》』、表紙にはシンプルに、そう記されている。ファイルの一枚目をめくると、美しい文章が目に滑り込んできた。

この感情に訴えかけるような言葉を選ぶのは、アントンだろう。バチェラーは何人かいる専属スピーチライターのうちの一人を思い浮かべた。

『アジアのことわざに、こんなものがあります。虎は死して皮を残し、人は死して名を残す。けれど、彼の残したものは名前だけではありません。彼の歌は、旋律は、世界中の人々の心に響き渡り、永遠に止《や》むことがないはずです――』

文句なしの出来映えだ。バチェラーは生返事も忘れて、ほくそ笑んだ。バチェラーは、何よりもいま、このときの合衆国大統領であることが誇らしかった。

Mの死、そしてその死を掲げて行われるであろうアラルスタンへの軍事作戦は、バチェラーの名を歴史に刻み込んでくれるはずだからだ。

頬を緩めたまま、彼は音声をスピーカーに切り替え、受話器を置いて立ち上がった。そしていかにも聞いている風に相槌を打ちながら、鏡に向かって薄い頭髪を撫でつけ、ポケットチーフの形を整える。それから薄いグリーンのネクタイに手を触れ——渋面を作って、首をかしげた。


『大統領が、そこまでされることはありませんよ』

ネクタイは黒にしたほうがいいだろうか、という相談に、恰幅のいいスタイリストは首を振った。バチェラー自身もファンであると公言した、スーパースターの悲運の死なのだ。ネクタイの色を変えるくらい、どうということもなかろうと思ったが、彼女の考えは別のところにあるようだった。

『それよりも大統領、あなたにはその瞳と同じ色の、薄いグリーンがよくお似合いになります。覚えておられますか。あの食事会で、M氏もそうおっしゃっておられました』

彼女がそっと涙をぬぐうのを見て、バチェラーはうなずいた。彼女もまた、彼のファンの一人であったのだろう。

バチェラーもファンであるとは言ったものの、それにはMの人気にあやかろうという思いがあったことは否定できない、不純な「ファン」であった。

いや、そうして有名人の名を出す政治家が、彼ないし彼女の純粋なファンであるはずがない。皆、多かれ少なかれ下心を持ち合わせているものだ。バチェラーだけが恥じることではないだろう。

それに当《とう》のMも、大統領の下心などお見通しだったに違いない。世界中を虜にした彼も、酸いも甘いも噛み分けた、いわゆる「業界人」であったはずだ。バチェラーの不純さに怒るような幼稚さは、持ち合わせていなかっただろう。

事実、数年前にMがバチェラーの招待を快く受けたのも、繋がりを大切にする業界人らしい態度からであったとバチェラーは思っている。

しかし、結果から言えば、それは過大な評価だったのかもしれなかった。


そのMを招待しての食事会は、ホワイトハウスで開かれた。

それはプライベート色の強い集まりであり、出席したのは気心の知れた仲間だけ――とはいっても、名前を言えばアメリカ中が知っているような有名人ばかりだったが――ともかく、そこで初めてMとバチェラーは画面越しではなく、顔を合わせたのだった。

Mはよくわからぬ男だった。バチェラーはいまになって、そう思い返す。

食事会は、初めこそ美味《うま》い料理と少量の酒で和やかに進んだ。テレビで見るミステリアスな雰囲気そのままに、Mは優雅に食べ、話し、そして微笑んだ。

口数は少なかったが、それは決して空気を乱すものではなかった。話題は妻への愚痴から政策にまで及び、バチェラーも時を忘れ、完全にプライベートな時間を楽しんだものだ。

しかし、その帰り際だった。挨拶をかわす出席者たちの中、いつの間にかバチェラーの横に立ったMが、独り言のようにつぶやいたのだ。

『……世界は平和になるでしょうか』

そのつぶやきに、バチェラーはくつろぎの表情を引っ込め、反射的に記者用の笑みを浮かべた。意識せずとも、胸にははっきりと失望が生まれた。

それは、いまどき子供でも口にしないような、あまりに愚鈍な問いだった。世界は平和になるか、だって？　一体、それは誰にとって？

事象に表と裏があるように、この世界も当たり前に光と影をはらんでいる。光の当たるほう――それが平和で、当たらぬほう――それが争いというわけだ。つまり、すべての人間が光を――平和を享受することは難しい。いや、それよりも不可能に近い。

世界に絶対悪が存在し、それを倒せば平和が訪れる世界など、スーパーマンの世界くらいなものだ。言わずもがな、現実の世界では決して起こり得ないことだ。

バチェラーも、Mの作る歌に平和を歌ったものが多いことは知っていた。けれど、たかが歌手が――彼はたしかにそう思った――いくら有名だろうが、歌手ごときちっぽけな存在が何曲かの歌を歌うくらいで訪れる平和なんてものがあるのなら、お手並み拝見と願いたいものだ。

尊敬は一瞬で軽蔑に変わった。人の上に立つ者として、ある種の共感を持っていた存在が、愚鈍な大衆と同じに見えた。

だからあのときバチェラーは、記者用の笑みを浮かべたまま、揉み手をせんばかりに、Mにこう言ったのだ。

『ええ、もちろんなるでしょうとも。あなたの歌のように素晴らしい世界を、我々の手で作り上げようじゃありませんか！』

アメリカ大統領のその答えを、Mはどう受け取ったのだろうか。ただ、彼はトレードマークのサングラス越しの目を寂しそうにまたたくと、踵を返し、外の光の中へゆっくりと消えていった。

その瞬間、バチェラーは、なぜか手の中の砂がこぼれ落ちていくような、取り返しのつかないことをしてしまったような感覚に陥った。その幼稚な考えを軽蔑したはいいが、歩き出した彼の後ろ姿があまりにも孤独に見えて、何でもかまわない、言葉をかけて呼び止めたくなった。

しかし、バチェラーはそうしなかった。

己にも理解できない後味の悪い思いにも駆られたが、大統領には、いつまでもそんなことに気を取られている暇はなかった。彼は毎日の業務に忙殺され、その間にもMはヒットチャートに名を連ね――死んだ。

世界に平和を――生きていたころの彼はそう歌ったというのに、死んだ彼は争いの種として、ブラッドラインに横たわった。誰が――どこの国籍を持つ者がスーパースターを殺したのか、その答えを胸に秘めて。

「……聞いているのか？　ヤウームの無差別テロは日増しに激しくなっている。Mも被害者の一人なのだろう。早く手を打ってもらわねば、油田の開発もままならない――」

「いま、出入国記録からMの足取りを追っているところだ。それに、ヤウームの件は近々手を打つ」

バチェラーが時計を見上げると同時に、あの美人補佐官がドアを細く開けた。会見の時間が迫っている――目顔でそう言っている。

大統領は手を上げて応えると、ヤウーム殲滅《せんめつ》の手段を問いかけるアハマドを強引になだめ、通話を切った。深いため息をつき、鏡を振り返ると、そこに映る虚像と向き合う。

あと一カ月。ひと月後に、例の特別な軍事作戦は決行される。

第二次世界大戦以来、使われることのなかった核兵器が、再び地上に落とされる日がやってくるのだ。

十年も続いたラザンへの資金援助、武器弾薬の供与も、これで終わりだ。塵芥《ちりあくた》まで焼き尽くす核の力で、アメリカはこの戦争を終わらせる。テロリストどもが合衆国本土に攻撃を仕掛ける前に、バチェラーは歴史にその名を刻むのだ。

その名は、アメリカを救ったヒーローとして刻まれるのか、それとも核使用という愚かな決断をしたヒールとして刻まれるのか、それはわからない。いずれにせよ、それは後世が決めるべきことだ。

軍部一同、この作戦に反対する人間はいないが、反対する者がいたところで、この作戦は実行されねばならないだろう。

伝える必要もないアハマドには黙っていたが、アメリカ兵を人質に取ったというヤウームの声明が、つい先ほど確認されたばかりだった。

やつらに取られた人質も、これで何人目になるだろうか。国のためにも、戦う彼らのためにも、これ以上の犠牲を出してはいけない。茶番は終わりだ。強引にでも、幕は引かれねばならないのだ。

「大統領、お時間です」

補佐官が、再びドアを開けた。

「ああ、行く」

バチェラーは答え、それからもう一度鏡を振り返り、そこに映る己の姿を、角度を変えてチェックした。そしてネクタイに手をかけ、再度首をかしげる。

やはり黒にしたほうが良かったのではないだろうか――そんなことを考えながら、アメリカ合衆国大統領は、堂々と胸を張って歩きだした。Mに捧げる弔辞を、まるで流行歌のように軽快に口ずさみながら。

第３章　ロシア連邦

十三歳のリーリヤ・ベスパロフがそのニュースを知ったのは、学校に出かける前、朝の七時ごろであった。

いつものように彼女は、その小さな体に似合わないキングサイズのベッドから起き上がり、住み込みの家政婦の並べた朝食――それは常にクロワッサンにサラダ、フルーツに、蜂蜜入りのホットミルクと決まっている――に手を伸ばした。そうしながら行儀悪くも、もう片方の手でテレビのスイッチを入れた。

次の瞬間、ダイニングテーブルほどの大きさのそれに流れたニュースを見て、彼女は小さな悲鳴を上げた。

「食事中はテレビをつけない約束だっただろう？」

悲鳴を聞き、慌てたように父親がたしなめた。ロシア有数の大企業に勤め、多忙を極める彼が、娘と同じ時間に朝食を取ることは珍しい。普段ならばリーリヤも、めったにない父との時間に大喜びしたはずだ。しかし、いまはそれどころではなかった。

リーリヤは息をのんだまま自室へ走り込むと、自分専用のテレビをつけた。

急いでチャンネルを合わせ、柔らかな羽毛の詰まったクッションを抱きしめると、画面を食い入るように見つめる。そうして聞こえてきた声は、事態の重大さに反して、いささかのんびりしすぎているように思えた。

『――虎は死して皮を残し、人は死して名を残すといいます。けれど、彼の残したものは名前だけではありません。彼の歌や旋律は世界中の人々の心に、永遠に響き渡るはずです』

それは、アメリカの何とかというハゲの大統領――ロシアの大統領もハゲてはいるが、わずかに残った髪を惨《みじ》めったらしく撫でつけていないだけマシだと彼女は思っていた――の演説だった。

右上の字幕には、小さく「モスクワ時間の午後十時ごろ」と表示され、その下には「歌手のM氏、紛争地帯で死亡」という、どぎつい赤文字が並んでいる。

「うそ……」

リーリヤはつぶやき、それからクッションを抱きしめたまま、小机に乗ったピンク色のタブレット端末を取った。その薄い端末のカバーを開くと、封書形のアイコンの上に「2」と表示されていた。メッセージが二通、届いているという報《しら》せだ。

見ると、その一通は、リーリヤがMのファンであることを知っている友人のマルカから送られたもので、もう一通は――「獲物」からのものだったが、それは、いまの彼女の目には入らなかった。

　幼さの残る指先で、リーリヤはマルカからのメッセージを開いた。

　中身は、やはりというべきか、Ｍの死についてだった。彼の死はショックだろうけれど、元気を出してほしいというもので、まるで大人同士の社交辞令のような、他人行儀なものだった。

　それでもメッセージを送ってきただけ、マルカにしては気がきいたほうだと言わなければならないだろう。

　彼女は、リーリヤのような金持ちの子女が通う学園で、唯一と言っていいほどの、普通の家庭の娘である。だからこそ他のクラスメイトたちからしてみれば、毛色が違うというのだろうか。そもそも奨学金を受けてまで学園へ通っているという事実が、彼女をクラス内カーストの最底辺に位置づけていた。

　そんなマルカだ。以前のリーリヤなら、彼女の存在など歯牙にもかけなかっただろう。ましてや彼女のことを友人と呼ぶなど、断固拒否したはずだ。

　けれど、リーリヤはいま、マルカを友人と呼ばざるを得ない立場にいる。それは、ある「遊び」がきっかけだった。その「遊び」のせいで、リーリヤは上位カーストの友達――アナスタシアたちから無視されるようになってしまったからだ。

しかし、きっかけなどなくとも、彼女たちは、元々、リーリヤの金持ちを鼻にかけた態度が大嫌いだった。友人関係は初めから破綻を孕《はら》んだ危ういものだったのだ。

それを知ったリーリヤのプライドは、もちろん大いに傷ついた。

そちらが無視をするなら、こちらだってもう口をきいてやるもんですか――彼女はそう決めると、当てつけのように、いつも一人ぼっちだったマルカと付き合った。私はあなたたちがいなくても平気なのよ、精一杯の態度でそう示そうとした。

けれど、華やかな友達を失ったリーリヤの生活は、色を失ったように味気なくなった。本音を言えば、彼女はとても寂しかった。

――だというのに、追い打ちをかけるように、大好きだったMも死んでしまうなんて。

Mの死を契機として、いままで押し殺していた感情が膨れあがった。バラ色の頬は赤みを増し、長いまつげを涙が伝った。

テロップで伝えられている「ブラッドライン」という地名のようなものも、レポーターが叫ぶ「紛争地帯での謎の死」という言葉も、リーリヤにはまったく響かなかった。ただ、彼が死んでしまったという事実が、彼女の心を押し潰し、悲しみだけが溢れ返った。

「――どうしたんだ、学校へ行かないのかい？」

せっかちなノックとともに、父親の声がドア越しに聞こえた。

「早く朝食を食べないと遅れてしまうよ、リーリヤ？　ほら、返事くらいしなさい」

「……Ｍが死んじゃったのよ」

その問いに、涙声で彼女は答えた。すると一瞬、ドアの向こうは沈黙した。

お父さんは知ってたんだ――その沈黙の意味を瞬時に悟り、カッとなったリーリヤは、抱えていたクッションをドアに向かって投げつけた。クッションはタイミング悪くドアを開いた父親の顔を直撃した。

「知ってたなら教えてよ！　あたしがＭのこと好きだって、知ってるくせに！」

父親は苦い顔をした。それから一つため息をつくと、言い訳のように言葉を並べた。

「そうは言ってもな。ニュースが流れたのはお前が眠ったあとだったし、それでなくても、あれだけの騒ぎだ。父さんが教えなくても知るだろうと思ったんだよ。それとも、さっきテレビを消せと言ったことを怒ってるなら、それは違うぞ。食事中はテレビを見ない約束だからな」

「そういうことじゃないわ！」

リーリヤは真っ赤な目で父親をにらみつけた。

いくら彼女がＭのファンだといっても、父親はただニュースを伝えなかっただけだ。

そんなことくらいで怒られてはたまらないと、その我儘《わがまま》ぶりに肩をすくめる人間もいるだろう。

しかし、彼女には彼女の言い分があった。その言い分では、この父親は、いつだって彼女に大切なことを伝えてくれないのだ。

例えば、今回のように彼女が熱心なファンであることを知っているはずのMの死や、少し前で言えば、長年親しくしていて家族同然だった家政婦がやめてしまったこと。そして、それをずっとさかのぼり原点へ立ち返れば、父親への不信感はここへ行き着く。

すなわち、彼女の母親が父親と離婚し、この家を出ていってしまったときにさえ、父親は娘に何一つ知らせなかったのである。

当時八歳だったリーリヤが家に帰ると、まるで最初からそんな人間など存在していなかったかのように、母親の姿も、その痕跡さえも残されていなかった。

彼女は混乱した。そして、やはり何事もなかったかのように帰宅した父親を泣いて責めた。しかし、父親は彼女に「泣かないでくれ、可愛いリーリヤ」と繰り返すばかりだった。

彼は娘を溺愛していた。母親がどうしてこの家を出ていったのか、なぜ娘を連れていかなかったのか、知る必要はないと思っていた。だからこそ、彼女に「何も言わない」という選択をしたのだ。

　そのときの父親の決断は、他人の目から見れば浅慮だったと言えるかもしれない。けれど、そう言われてまでも、彼はリーリヤを傷つけることを好まなかった。もしそれが可能ならば、娘を素晴らしい装飾を施《ほどこ》した箱に入れ、外へ出すことなく育ててやりたいと思っていたほどだ。

「リーリヤ、すまない。可愛いお前が泣くのを見たくなかったんだよ」

　抱き上げるには少し大きくなりすぎた彼女のそばに寄り添い、父親は精一杯優しげな声で言った。そうすれば、娘は再び天使のような笑顔を見せてくれると信じていたからだ。

　実際、笑顔は見せないまでも、リーリヤは彼をにらむのをやめ、うつむいた。どんなに裏切られたような思いがしても、リーリヤもまた、父親を愛していた。彼は、彼女のたった一人の親なのだ。

　けれど、彼女はもう一度、こうつぶやくことはやめられなかった。

「お父さん、Mが死んじゃったのよ」

「そうだな……」

　父親はうなずいた。そして、娘を憐れんで、最後の手段を取った。

「今日は学校を休みなさい。それで——そう、今週末は休みが取れる。そうしたら二人で気晴らしの買い物に行こう。何でも買ってあげるから、欲しいものを見つけておきなさい。どうだ、それでいいかい？」

「……うん」

リーリヤは、うつむいたまま、つぶやいた。

事あるごとになされる父親の贖罪で、すでに部屋はもので溢れ返っている。欲しいと思ったものは、一つ残らずこの部屋に並べられていた。

しかし——それでも新しく何かを買ってもらうことは、決して悪いことではなかった。それらは寂しい心を満たしてくれるし、何より流行最先端の品物は、リーリヤを無視するクラスメイトの鼻を明かすのに一役買ってくれる。

「よし、いい子だ。それじゃ父さんは会社に行ってくるな。あとのことはアンナに頼んでおくから」

父親は娘の頭を撫でると、慌ただしく身支度を整え、家を出ていく。

一人、部屋に残されたリーリヤは涙の跡をぬぐい、ベッドから下りると、ダイニングに取り残された朝食の皿を部屋に運んだ。クロワッサンを小さく千切り、口に運ぶ。そうすると、薄い枯れ葉のようなパン屑がベッドを汚《よご》した。

つけっぱなしのテレビを見ると、あのアメリカ大統領の演説は終わっており、ニュースが続けて、これもまたアメリカの出来事を伝えていた。どこだかで米兵がテロリストの人質になっているというものだ。

アメリカの話題が終わると、ニュースはロシア国内の交通事故に移った。リーリヤはバターのにじんだ指でリモコンを操作すると、衛星放送に切り替え、急いでアメリカの放送局を探した。Ｍはアメリカ人だ。だから当然、彼に関する情報はアメリカの番組が最も詳しく流すに違いない。

見つけたのは、ジョアンナズ・ショウというトーク番組だった。番組は終わりに差しかかっていて、あと数分もすればニュースが始まる時間だった。

テレビをつけっぱなしにして、リーリヤはベッドに寝転がった。アメリカ人たちの下卑た笑い声が耳にうるさい。

Ｍのファンだというのに、リーリヤはアメリカという国が嫌いだった。彼女の父も、家政婦のアンナもそれは同じで、彼らはアメリカと名のつくものならドラマも映画も見ないし、英語すら口にしたがらない。

この家で唯一、ハリウッド映画が好きだったのは、出ていった母親だ。しかし、彼女はいまから思えばロシア人として異端だったのだ。

成長し、母親の残していったDVDを見つけたリーリヤは、その内容に眉をひそめることになった。なぜなら、アメリカの描くロシア人、それは世界の悪の根源であったのだ。

ロシア人は、そのすべてが冷血なマフィアであり、麻薬の密売人であり、人身売買までも行う極悪非道な人種として描かれていた。

その一方でアメリカ人は、ロシアという悪を相手に戦う、絶対的な正義であった。それも一つの作品だけではない。ほとんどすべてにおいて、だ。もっとも9・11のテロ以降は、その悪役の座は中東の人々に取って代わられたようだが——それにしても、自分の国を卑しめる者を誰が好きになるだろうか。リーリヤの反応は当たり前のものだろう。

彼女も、彼女の父親や家政婦と同じように、アメリカに対して頑《かたく》なになった。それはある意味、不幸なことだった。なぜならそれは、リーリヤがMの歌に出会った当初、その旋律や歌詞に魅力を感じながらも、完全に心を委《ゆだ》ねることはできない、その理由となったからだ。

どんなに素晴らしいアーティストだとしても、彼はアメリカ人だ。

その変わらぬ事実が棘《とげ》となり、彼女の胸を刺し、その痛みがMから目を背けさせたのだから。しかし、その棘を取り去ってくれたのも、他ならぬMであった。

リーリヤはタブレット端末に触れ、ブックマークに登録してあるMの公式サイトを開いた。そのトップページで彼は、はにかんだような笑みを浮かべていた。そこに埋め込まれた音声が、変わらず響いた。

『ミニャー　ザヴートゥ　M。ラートゥ　ヴァズ　ヴィーヂェチ（Mです。来てくれてありがとう）』

それは、訪露ハリウッドスターが宣伝のために覚えたような、短い挨拶の文句だった。

その発音は完璧ではないし、抑揚《よくよう》は奇妙だった。けれど、ハリウッドスターの口から出ればロシアを馬鹿にしているように聞こえるその台詞も、Mが話せば、まったく違って聞こえた。

――Mです。来てくれてありがとう。

そんな、たった言葉一つ。だというのに、その言葉には、それだけで十分だと感じさせる何かがあった。それは一体何なのだろう――しばらく考えて、リーリヤの出した結論はこうだった。

きっと、どんなにうまく隠していても、胸の奥底にある思いは相手に伝わってしまうものなのだ。だから、こちらが馬鹿にされたと思うなら、それは本当に相手から馬鹿にされているからに違いない。

そして、Mの言葉からそれをまったく感じないのは、彼が心からこのサイトを訪問してくれた人に感謝の言葉を伝えたいと思っているからなのだ。


アメリカ人らしくもない彼の穏やかな笑みを見ていると、引っ込んでいた涙がぽろりとこぼれた。

彼女がファンであったMという歌手は「アメリカ人」ではなかった。そうではなく、国籍を持たない、ただ一人の才能ある人間として彼女の前に存在していたのだ。

『憎しみの始まりを　君は知らない　それなのに　渡されたそれを　君は次の人へと手渡していく』

これは、結果的に彼の最後の作品となった、エンドレスという曲だった。このあと、彼はこう続ける。

『世界中が戦争をしている　君は彼を殺している　君は彼女を殺している』

アメリカは残酷な国だ――この曲を聴いたとき、リーリヤはMの胸のうちを想像し、ため息をついた。

Mは平和を愛する立派な人だ。しかし、その彼が生まれた国は銃に溢れ、世界中に戦争を仕掛けるような国だった。彼にとっては、地獄のような世界だったに違いない。

そして、そんな地獄から逃れるように、彼は死んでしまった。それは一体なぜなのだろう。リーリヤは力なく端末の画面を叩き、マルカにメッセージを送った。

真面目なマルカは、今日も学校へ向かっているころで、返事など期待できなかったが、いま、リーリヤの話し相手は彼女しかいない。しかし予想に反して、答えはすぐに返ってきた。

〈テロリストに殺されたんじゃないかって、ニュースで言ってたよ〉

テロリスト？　リーリヤは首をかしげ、聞き返す。今度はややあってから、

〈Mが倒れてたのは、ブラッドライン、つまりアラルスタンとラザンの国境線のことだよ。そこではいつも戦争してるんだけど、Mはチャリティー活動のために訪れてて、事件に巻き込まれたんじゃないかって〉

マルカの答えは、さすがに優等生と言えるものだった。

〈さっすが、頭いい人は違うな。あたしなんか、全然わかってなかったよ〉

リーリヤは嫌な書き方をした。Mのファンでもないマルカが、自分よりも事情に詳しいことに、単純にむっとしたからである。

すると、マルカからの返信は、一旦、止《や》んだ。バッカじゃないの――リーリヤは腹立ち紛れにつぶやいて、ふと未読のまま放置していた「獲物」からのメッセージを開いた。

〈素敵なマルカ、写真を見たよ。僕の理想の女性。二枚の写真を送ります。届きましたか。僕のことはどう思いますか〉

たどたどしいロシア語だ。リーリヤは手早く添付の画像を開き――思わず吹き出した。

そこには、どう見ても彼女の父親より年上のアジア人男性が、ぶよぶよの口角を上げ、引きつったような笑みを浮かべていた。

それもバストショットの一枚目ではわからなかったが、顔をアップにした二枚目の写真では、鼻毛が一本、飛び出しているのが鮮明に写っている。どうして気づかなかったのだろうかと疑問に思うような、立派な鼻毛だ。

この写真は、ここ最近で一番の大物だった。いや、いままでで最高の収穫かもしれない。アナスタシアたちに見せたら大ウケだったのに――リーリヤは悔しく唇を噛んだ。

リーリヤが仲間外れにされる原因となった「遊び」とは、こういう写真を集めるというものだった。

若者の間で流行っている、ランダムメールというアプリケーション。これを使えば、相手に自分の身元を知られることなく、世界中の誰とでもメッセージのやり取りができるのだ。

加えて、彼女たちが決めたルールは一つ。こちらから先に写真を送らないこと、それだけだ。なぜなら、この「遊び」の楽しさは、自分たちは素性《すじょう》を隠したまま手練手管《てれんてくだ》を使い、相手の素顔を暴き出すところにあるからだ。

だから「遊び」はそのルールを守り、できるだけ多くの男の写真を、それも笑えるものを集めた子が勝者だ。共通で使った差出人名は、カースト最下位のマルカ。なぜって、そのほうが断然面白かったからだ。

けれど、頭の良いアナスタシアに比べ、リーリヤは「獲物」から写真を引き出すのが下手だった。リーリヤはいつまで経っても勝者になれず、そこに、いつでも一番でないと気が済まない彼女は業を煮やした。そして、一つきりのルールを破った。彼女は、ネットで拾った美人の画像を相手に送り、たくさんの男から写真を入手したのだ。

面白い写真が手に入れば何だっていいじゃない――悪びれないリーリヤに、アナスタシアたちは怒った。そして、いつでもリーリヤは我が儘だという理由で、仲間外れにしたのだ。

そのとき、長い間を置いて、リーリヤの嫌味に返事が届いた。

〈そういうふうに言われたら、私も傷つくよ。「世界中が戦争をしている」って、こ

ういうことだと思う〉

何？　リーリヤは眉をひそめた。アルバムを買う金がないマルカに『エンドレス』を貸してあげたのはリーリヤだ。それなのに、どうして彼女はマルカに知ったかぶりをされなくてはならないのだろう。リーリヤはすぐに返事を送った。

〈あれはアメリカの話でしょ。あたしには関係ない〉

〈違うよ。戦争してるのは、アメリカだけじゃないよ〉

〈でも、少なくともあたしには関係ないでしょ〉

メッセージを送ると、すぐにマルカの答えは返ってきた。しかし、その返事はこれまで以上に意味不明だった。

〈関係ないだなんて、そんなことないよ。リーリヤのお父さんの会社だって、銃を作っているじゃない〉

〈あんたが何言ってるのか全然わかんないし、そんなこと言うのって、すごく失礼──〉

勢いで返信を打ちかけて、リーリヤの指は止まった。口をへの字に曲げたまま、ブラウザを開き、父の会社名を検索してみる。

父親が銃を作っているだなんて、リーリヤは聞いたことがなかった。だからマルカの言うことは、馬鹿馬鹿しい勘違いに決まっていた。

けれど迂闊《うかつ》な返信をして、また上から目線で偉そうに語られてはたまらない。その勘違いを完膚なきまでに叩きのめさなければ――リーリヤはずらりと並んだ検索結果の一つを開いた。

その瞬間、顔からすっと血の気が引いた。

ページは、彼女も宿題でよくお世話になるウィキペディア――ウェブ上の百科事典だった。そこには、父親の勤める会社の名前があった。その下の説明文にはこう書かれていた。

『航空機関砲、ミサイル誘導装置、狙撃銃、短機関銃などを製作する、世界三番手の武器会社――』。それから、追い打ちをかけるように、『テロリストの多くが使用する、世界でもっとも人を殺した自動小銃は、この会社の大ヒット商品である』とも。

メッセージが届いたというサインが点滅し、リーリヤはびくりと肩を震わせた。彼女の返信を待たずに、マルカが続けて送ってきたのだろう。けれど、彼女にそれを開く勇気はなかった。

『――で、アメリカ兵が人質に取られてから、丸一日が経過しました。しかし、テロ組織ヤウームからの声明は、いまだなく、その安否が心配されており――』

つけっぱなしのテレビからは、いつの間にか英語のニュースが流れていた。リーリヤには理解できないその言葉を話すアナウンサーの表情は冷たく、彼女を侮蔑しているようだった。

手元では新着メッセージのサインが、永遠に思えるほどの長さで点滅を繰り返している。

十三歳には不釣り合いなブランド品に溢れた部屋の中で、リーリヤは息を短く吸い込み——止めた。

第４章　アラルスタン共和国

何を期待したわけではなかったが、意識を取り戻した男の目に映ったのは、絶望と呼んで差しつかえのない光景であった。すなわち、剥き出しの地面、手足を繋ぐ太い鎖、それから鉄格子の向こうで自動小銃を手に横切っている、褐色の肌をしたテロリストの姿である。

ここは地下牢なのだろう、光の射す窓は見当たらず、空間をほのかに明るく照らしているのは、人工的な光源だ。いつの間にか男の軍服は脱がされていて、代わりに着せられているのは、妙に鮮やかなオレンジ色をした筒状の衣服だった。

それを確かめたところでどうなるわけではないが、人間の習《なら》いとでもいうものか、辺りの様子を確認し終えると、男は体を起こそうとした。

口から小さくうめきが漏れた。

肋骨にひびでも入っているのだろうか、少しの動きにも痛みが走り、右足はしびれたように感覚がない。

こらえるように息を止めたそのとき、一匹の蝿《はえ》が音を立て、腕の銃創にピタリと止まった。汚らしい仕草で、手をすり合わせる。

男は、とっさに自由のきかぬ体を動かし、それを追い払おうとした。頭には、戦場の死体に湧いた無数の蛆《うじ》が浮かんでいた。見慣れた光景とはいえ、それが己の腕に再現されるのを黙って見ているわけにはいかない。

しかし、奔放に宙を飛び回る蝿と、傷つき繋がれた男とでは、初めから勝負は決まっている。男は蝿を追うのをやめると、彼が傷口をなめるのに任せた。

そうしながら何とか体を起こし、冷たい壁に背を預けると、男の肌が鉄格子の向こうの光源に照らされ、薄闇にぼんやりと浮かんだ。白い――幽霊のように青白い肌だ。ここは彼のような白い肌の男がいるべき場所ではなかった。

「世界中が――戦争をしている――」

そんなつもりはなかったというのに、男の口から小さく旋律が漏れた。かすれた声が穴蔵のような牢に不気味に響く。戦場で仲間たちと歌った、これは気に入りの歌だった。

「世界中が――戦争をしている――テロリストが殺しにくる――褐色の肌のテロリストが――俺たちを殺しにやってくる――」

歌い出しは合っているはずだが、そのあとの歌詞は覚えていなかった。だから、彼らはいつもその先をでたらめに歌った。

俺たちはテロリストを殺しにいく、殺しにいく、ぶっ殺しにいく——そんな替え歌を口ずさみ、戦地の尖った神経を慰めたのだった。

彼の名はケネス・カドバリー。ここアラルスタン共和国から何千キロと離れた彼方——広い大陸とそれよりも広大な海を隔てた向こうの国、アメリカ合衆国より派遣された兵士の一人だった。

「褐色の肌のテロリストが——殺しにくる——」

長らく替え歌ばかり歌っていたため、元の歌詞など思い出せそうもなかったが、それは自分たちが当てた歌詞とは真逆の意味だったような気がした。

そういえば、この歌を歌っているMという歌手は「白い黒人」だったか——ケネスは動かない口元をゆがめた。

「白い黒人」とは、黒人の母親と白人の父親から生まれた、白い肌の子供——Mという歌手を指して作られた言葉である。

誰でも知っているとおり、黒人と白人の間に生まれる子供の肌は、その黒と白を混ぜたような色——ミルクコーヒーのような色合いになる。その濃さに違いはあっても、とどのつまり、コーヒーが多いかミルクが多いか、それだけのことなのである。

けれど、Mの肌は白人のような白をしていた。だからこそ、そのめったに見られない色に人々は驚いた。それほど「白い黒人」と呼ばれたMの肌は珍しいものであった。『だから、彼がデビューした当時は、アメリカ国民全員が彼を白人と信じて疑わなかったのよ』――彼のファンである、年老いたケネスの母親は、当時をそう振り返ったものだ。

自由の国、アメリカに人種差別などあってはならない――それはさまざまな人種から成り立つ大国にとって、最も覚悟ある建前である。

それは善良な信念に似て「所詮《しょせん》、建前だ」と、あざけることはできない。だからこそ、現代においては一定の差別をなくすことに成功しているのだろう。

しかし、それがMのデビューした云《うん》十年前となれば、話は別だ。

いまは建前を誇るアメリカも、かつては白人と黒人の水飲み場が公《おおやけ》に分かたれていた国だった。

厳然とした境を前に、己の母親が黒人であるという事実を、Mがどう受け止めていたのか。そんなことを知るすべはないが、推測するに、それを隠せるものならば隠しておきたかったのではないだろうか。

しかし、彼が有名になるや否や、その母親のこともアメリカ中に知れ渡った。アメリカは驚いた。そして、その驚きと、ほんの少しの差別的意味合いを持って、Ｍを「白い黒人」と呼んだ。

けれど、それも束《つか》の間《ま》だった。世界中の音楽チャートを総舐めにする彼の目覚ましい活躍に、呼び名はいつしか薄れていった。

彼のデビュー時を知らない幼いケネスに「白い黒人」という言葉を教えたのは母親だった。彼女は、人種差別とはどれほど愚かであるかということを、息子に伝えようとしたのだ。しかし、不幸ながらケネスの心に残ったのは「白い黒人」という、その奇妙な言葉だけだった。

地下牢の薄闇で、ケネスは口ずさむのをやめると、まぶたを閉じた。そうすると、頭の芯からじわりと、今度こそ死ぬかもしれない、そんな思いが湧き上がった。

彼の故郷はアメリカ合衆国の北、コロラド州の田舎町で、そこでは妻と二人の子供がいまも彼の帰りを待っているはずだった。

彼の子供たちは幼く、父親がどうして長く家を空けなければならないのか、あまり理解できていなかった。だって来月は僕の五歳の誕生日なのに――ふくれっ面をした幼い息子を、ケネスは愛しさのあまり、高く抱き上げた。

そして、その父親譲りの青い目を覗《のぞ》き込んで、こう言った。お父さんはお前たちを守るために、遠くまでお仕事へ行くんだよ、と。

ケネスが海外で「仕事」をするのは、これが初めてではなかった。彼はアフガニスタンとイラクで戦績を残し、勲章を授与されるほどの男であった。今回の作戦――「黄色い砂作戦」が彼の率いる班に任されたのも、ケネスの功績が評価されてのことだ。

その「黄色い砂作戦」とは、どういうものか。簡単に言えば、過激派テロ組織ヤウームの手足をもごうという作戦である。

ヤウームはアラルスタン最大のテロ組織であり、国境の平和維持を目的とするアメリカ軍の最大の敵である。アメリカとしては、ヤウームの指導者ハッサン・モーシェを捕らえたかったのだが、彼は長く地下に潜伏し、居所をつかむのが容易ではない。

そこで、アメリカは「黄色い砂作戦」によって、狙いを組織のナンバー2へと移した。

その男の名は、ウマル・バウーブ。

アメリカで育ち教育を受けたにもかかわらず、いまはゲリラ戦や爆弾テロに関わっている、残忍で恩知らずな男である。

ハッサンと違い、アメリカはウマルの情報を数多く持っていた。というのも、彼が裏の顔であるテロリストの姿を見せたのは四十を過ぎてからで、それまで彼は、何と貿易会社の役員という、堂々とした立場にあったのだ。

それまで彼の裏の顔に気づけなかったのは痛手だった。しかし、それゆえに個人情報は多く、だからこそ彼はハッサンよりも捕らえやすいと判断されたのだ。


ウマルを捕らえるため、ケネスの班がまず行《おこな》ったのは、彼の親族が潜むという村の調査であった。血も涙もないテロリストでありながら、彼らは親族の結びつきが強い。そこをたどれば、必ず彼らのアジトまで行き着くというわけだ。

彼らはリストに上がった村を虱潰《しらみつぶ》しに調査した。

しかし、結果はすべて空振りだった。作戦の進展はなく、ケネスの心には焦燥感と戦場の異常な緊張感だけが、募っていった。

それでなくとも、彼らの神経は疲弊していた。何せ、手段を選ばないテロリストが相手だ。向かってくる者は、たとえ子供であっても油断がならない。彼らもまた自らの小さな体に爆弾を巻いた、自爆テロの兵器と化している場合があるからである。

このままではいけない――班の緊張をほぐすため、ケネスたちは時にサッカーに興じた。平常時ならあまり楽しいとは思えないスポーツを、この期に及んで純粋に楽しめる自分が不思議だった。

しかし、そんな気晴らしも十分ではなかったらしい。ケネスは、決定的なミスをした。

ウマルらしき人物がいるという情報を得て、ある家の地下壕へ入る際、飛び出してきた猫に驚き発砲し、侵入に気づいたテロリストの反撃に遭ったのだ。

ケネスの目の前で小さな血飛沫《ちしぶき》を上げ、三人の班員が次々に倒れた。吠えるような声を上げ、銃を連射しながら、ケネスもまたそこで死ぬ覚悟を決めた。そのはずだった。けれど、彼はいまだここで生きている――

一度記憶がよみがえると、体中の痛みまでもが怒りに変わった。

もし怒りのエネルギーを実体化できたならば、彼の怒りはアラルスタン全土を滅ぼしただろう。

我を忘れ、彼は野獣のような叫びを上げた。叫ばずにいられなかった。その声に反応したのだろうか、牢の鉄格子がガチャリと開いた。ケネスは反射的に叫ぶのをやめ、こぶしを握り、そちらをにらんだ。

コツコツ、という足音が響き、それはケネスの隣でピタリと止まった――と思いきや、何を考えているのかわからない不気味な黒い瞳が、彼を見下ろした。

黒い髪に褐色の肌、体を覆う白い布のような服――ケネスとは何もかもが違う、その姿。過去に戦ったアフガン人やイラク人と同じく、彼の意識下に敵として刷り込まれた、その人種だ。

殺せ殺せ殺せ、そいつを殺すんだ！　あらがいがたい衝動がケネスを襲う。殺すか殺されるかの戦場において、撃ち殺す相手を悠長に選ぶ余裕などまったくない。わずかな判断の遅れが意味するものは、そのまま「死」のみ。ケネスの脳は、それをよく理解している。

だから、それは脳髄《のうずい》から下される、絶対服従の指令だった。

やつらを殺せ殺せ殺せ殺せ――しかし脳の指令を、鎖で繋がれた体は叶えられず、ケネスは男を射抜かんばかりの目つきでにらみつけることしかできない。

仲間を殺したテロリスト。アメリカの敵。どんなに憎んでも、憎み足りるはずもなかった。

しかし褐色の肌をした男は、向けられた憎しみには素知らぬ顔をしながら、彼を値踏みするようにゆっくりと左右に歩いた。ゆったりとした民族衣装の裾《すそ》が、ちらちらと視界にうるさく翻《ひるがえ》る。

一体どれほどの間、この穴蔵に繋がれていたのだろう――男をにらみながら、ケネスはふと不安に駆られた。

喉は唾《つば》が飲み込めぬほど乾いているし、耳は砂で塞がれたように聞こえが悪い。傷口はまだ湿っているが、不衛生な環境だ、数時間前のものか数日前のものか定かでない。

一旦、不安の影がよぎると、今度は、己はこの男の人質なのだという考えが浮かんだ。それは冥《くら》い恐怖となり、ケネスの胸を侵《おか》していく。

なぜなら、テロリストに囚われた人質の運命、そんなものは、彼もよく知っていた。その命は、アメリカ政府との交渉に使われ、その要求に屈しないという政府の方針によって、多くが亡きものとなるのだ。

あれはいつだったか、駐屯基地へ激励に訪れたバチェラー大統領は、兵士たちに訴えたものだ。

『時には、命を犠牲にするような無情な決断を迫られることもある。けれど、それでもアメリカはテロと戦い続けるのだ』

大統領の思いは本物だった。本物だからこそ、その熱意は皆の心に染みわたり、同時に凜然《りんぜん》とした覚悟を呼び覚ました。

戦場と、政治の世界。場所は違えど、大統領も戦っている。だからこそ自分たちもこの崇高な使命のために、卑劣なテロリストと戦うのだ。そのときの熱い覚悟は、いまだケネスの胸にあった。

「この糞テロリストめ。お前らの戦いは無駄に終わる」

黒い瞳をした、英語も話せない野蛮人にも聞き取れるよう、ケネスはゆっくりと言葉を区切って言った。

「どんなことがあっても、最後に勝つのはアメリカだってことを、覚えておくんだな」

するとと、男はピタリと歩みを止めた。

そして、ケネスの周りを飛び回る蝿と、彼の見分けがつかぬとでもいうように、黒い瞳を細めた。それから、白いものの混じった眉を上げた。

「言いたいことはそれだけか」

流麗な英語だった。驚き顔のケネスに、男は唇をゆがめた。

「教育を受ければ、アラルスタン人でも英語を話す」

「教育？」

その途端、はた、と思い当たった。その目、その肌、その輪郭。血が逆流するような感覚がして、ケネスは思わずつぶやいた。

「……お前がウマル・バウーブか」

問いに、男は薄く笑った。その笑みは、血眼になって探していた大将首の顔も判《わか》らないのかと言いたげだった。

しかし、怒りに我を忘れたケネスに、皮肉は通用しなかった。彼は叫んだ。

「お前のせいで、どれだけのアメリカ人が死んだと思ってやがる！　お前が、お前が俺の仲間を殺したんだ！　この人殺しめ！　恥を知れ！」

「……自分の立場がわかっているのか？」

と、ウマルの顔から笑みが引いた。そうして現れた冷徹な瞳に、ケネスは愕然とした。その黒い瞳は、殺したアメリカ兵の数など意にも介していないようだった。

何十人、何百人という人間を殺したというのに、ましてや殺された彼らには家族があって、皆が帰りを待ち望んでいたというのに、そんな事実にもまったく悪びれる様子がなかった。

「ケダモノめ！」

ウマル目がけ、ケネスは唾を吐き捨てた。と、次の瞬間、強烈に脳味噌が揺れた。口中に鉄の味が広がる。左のこめかみから生温かいものがこぼれる。殴られたのだ。畜生——血を吐き捨て、顔を上げると、ウマルは何事もなかったかのように彼を見つめていた。

この目——ケネスは殺人者の黒い瞳をにらんだ。人を殴っておきながら、感情の欠片《かけら》も表さぬ目。良心の呵責《かしゃく》にさえ揺れぬ黒。

彼らにとって、ケネスは虫けら以下の存在だった。いや、彼だけでなく、アメリカ人全員の命がそうなのだろう。蝿を叩いても心が痛まぬように、この男はアメリカ人を殺しても何も思うことはないのだ。

しかし、彼はアメリカで育ったはずだった。中にはアメリカ人の友人も、恋人もいたかもしれず、そして、何より彼はアメリカの教育を受け、アメリカ人と同じに育ったはずだった。

それなのに、だというのに、彼の行き着いた先はテロだった。それはなぜなのか
――図らずもケネスはその答えを知り、奥歯を噛み締めた。

なぜなら、この褐色の肌をした人間は生まれついて冷血なのだ。人の心など、少しもわからないケダモノなのだ。ケダモノが人を殺して悔いることがあるだろうか。否。だからこそ、彼らはテロなどという、卑劣な手段で人を殺すことができるのだ。

「お前らはケダモノだ。少しでも人の心を持ち合わせていたら、テロなどできるはずがない！」

噛みつくようにケネスは言った。けれど、それでもウマルは、あの冷たい眼差しで彼を見下ろした。そして、まるで見当違いの台詞を吐いた。

「いいか、アメリカの兵士よ。元々、これは我々とラザンの問題だったはずだ。勝手

に首を突っ込んできた君たちには関係のないことだ。そうではないか？」

「関係がない、だと？」

ケダモノはケダモノだった。その頭蓋には脳味噌がなく、胸に愛の宿ることもないゆえに、そんなことが言えるのだ。ケネスは顔に無理やり笑みを浮かべた。

「何を言う、大いに関係あるさ。いいか、俺たちアメリカは、世界のために戦っているんだ。お前らは罪もないラザンの人々を殺す。アメリカが、そんなテロリストを放っておけると思うか？　お前らを殺すことは、世界を、ひいては俺の家族を守ることに繋がるんだからな」

言いながら最愛の妻、そして二人の可愛い子供たちの顔を思い浮かべる。守るべき世界、守られるべき愛がそこにある。それは、命をかけてでも、テロリストの汚《けが》れた手に触れさせてはならないものだ。

「我々がなぜ活動しなければならないのか、君たちには伝わっていないようだな」

ウマルは独り言のようにつぶやいた。それから、なぜか憐れむような目でケネスを見下ろした。

「世界を守るため、か。ひどく耳心地の良い言い分だが、君にとっての『世界』とは、君たちだけのものかね」

「どういう意味だ」

　ケネスが聞き返すと、ウマルは肩をすくめた。それは、純粋なアメリカ人のような仕草だった。そして、言った。

「私は一度、君たちと同じ国から来た人間と話し合ったことがある。少なくとも彼の言う『世界』には、我々も含まれていたものだ」

「彼？」

　ケネスは顔をしかめる。ウマルは、その問いに、問いで返した。

「Ｍという男を知っているか？」

　知っているも何も、ウマルが現れるまで、ケネスはＭのことを考えていたのだ。

「Ｍがどうした――」

「彼は射殺された。ブラッドラインでな」

　厳かにも聞こえるウマルの言葉に、ケネスは驚き、顔を上げた。同時に、びりっと強い痛みが背中を駆け上がった。

「……お前たちが殺したのか？」

「違う」

　素早くウマルが答え、小さく付け加えた。

「我々が関与していないことを証明する人物も現れた」

「関与？　証明？　一体、どういうことだ？」

Mがブラッドラインで死んだ。それも射殺されて。

テロリストの言葉を信じるわけではないが、もし、ウマルの言うとおり、それがヤウームの仕業でないとしたら、犯人は誰だ——いや、一体、どこの国の人間だ？　殺したのはアメリカ軍か、それともラザン軍か。しかし、それが誰でも、ブラッドラインでの大人物の死は事件であり、その死は新たな紛争の火種となるだろう——。

ケネスは、Mを「白い黒人」とさげすんだことも忘れ、あらゆる可能性に思いを巡らせた。何かが、着実に起こり始めたような予感がしていた。この暗い地下牢の外の世界で、何か、とても奇妙で謎めいたことが。

黙り込んだケネスに、ウマルは背を向けた。そして何かをためらうように、口を小さく開いたあと、神の啓示を告げるように、静かに言った。

「我々は彼を愛していた。だから、その冥福を祈り、同じ国の人間であるお前をしばらくは生かしておいてやろう。しかし——」

ウマルが振り向く。何かを飲み下すように喉が動く。不可解な感情の宿った黒い瞳が、ケネスを見据える。

「一つ教えておこう。あの村——テ・ダク村で君たちが使った『ボール』は、私の従弟《いとこ》の姪《めい》だった」

ウマルの獣に似た目がぬるりと潤んだ。ケネスは反射的に彼から目をそらした。

「お前には、必ず彼女以上の苦しみを味わってもらう」

低い声とともに、鉄格子がガチャリと音を立てた。ややあって足音が遠ざかっていく。ケネスの周りを、飽くことなく蝿が飛び回っている。

――テ・ダク村で使った「ボール」。

ウマルが言ったそれは、戦場の緊張をほぐすため、ケネスたちが現地調達したサッカーボールのことに違いなかった。

「ボール」はその時々で大きさが違っていて、なかなかいい重さのものがなかったが、テ・ダク村で入手した「ボール」は重すぎず軽すぎず、使い勝手がとても良かった。

そして、それはあのテロリストが言ったとおり、彼の従弟の姪に違いなく――つまり、流れ弾に当たって死んだ、一人の少女の頭部であった。

第５章　ラザン独立国

その映像を放送することの是非《ぜひ》は、局内で真っ二つに分かれていた。すなわち、どんな理由であれ人が殺される瞬間をテレビで流すべきではないという意見と、映像はすでにインターネットに拡散されているのだから、うちが放送を自粛する意味はないという意見である。

しかし、その局員たちの論争も、相も変わらず重役出勤で姿を現した局長の鶴の一声で、急転直下、放送することに決まったのだった。

その映像に映った男――アメリカ人歌手のMという人物は、三年前に一度、慈善活動とやらでラザンを訪問し、この国営放送の番組に出演したことがあった。

そのときからか、それ以前からかは知らないが、局長は彼の大ファンであり、曰く「我々にできることは何でもやらなければならないだろう」とのことである。

その映像を放送することが一体誰のためになるのか、ラザン国営放送の紅一点――ヌールには理解しがたく、不満を飲み込むので精一杯だった。

ともあれ方針が決定されると、局内では慌ただしく準備がされはじめた。ぼやぼやするなという罵声が飛んでくる前に、彼女も急いでカメラのコードをたぐり寄せる。

本来ヌールの職は、インターネットを通じた海外窓口なのだが、局員は少ない。与えられた業務の他に何役もこなさなければ、この職場では務まらなかった。

「本番まで、5、4、3――」

時間が近づき、ディレクターがカメラの後ろで生放送開始の合図をする。

そこだけライトの当たる小綺麗な空間で、むっつりしていた男性アナウンサーが極上の笑顔を浮かべる。体を斜めにして顎を引く。髭をほんの少し、上へ引っ張り上げる。

こちらから見れば大差ないのだが、彼に言わせればそれは、よりスマートに見せるためのテクニックなのだという。

「おはようございます、ラザンのみなさん。本日のニュースをお伝えします――」

彼の一言で、朝のニュースが始まった。

今年十周年を迎えたばかりの、ラザン国営放送の歴史は浅かった。

政府は国営放送局を立ち上げようと資金を集めていたのだが、しかし、ラザンのメディアが設営されることによる世界への言論発信は、争いを続ける隣国アラルスタンにとって都合が悪い。

たび重なる彼らの攻撃により、開局のめどはいっこうに立たず、計画は何度も頓挫《とんざ》した。戦争が終わるまで、自国の放送局を持つことはできないだろうと、国民は悲観視した。

けれどある日、その経緯からすればあまりにあっけなく、国営放送は開局した。それが叶ったのは、簡単に言えばアメリカのおかげだった。

彼らは突然現れた。そして言ったのだ。

どんな理由があってもテロは許される行為ではありません。我々があなた方の味方となり、テロ組織を壊滅させましょう。今日このときより、私たちは、この国を発展させるための援助を惜しみません、と。

当時のラザン首相は、その話に一も二もなく飛びついた。すると、すぐにその言葉どおり、アラルスタンとの紛争にアメリカ軍が加わった。同時に、彼らの豊富な資金援助が、悲願だった国営放送局を誕生させた。

それだけではない。国内にはいくつものアメリカ企業が進出し、経済は徐々に上向いていった。しかしそれでも、ブラッドラインで繰り広げられる、あの忌まわしい争いだけは終わらなかった。

戦争はこの国の病だった。それもやっかいな慢性病だ。

アメリカという主治医のおかげで激しい発作はまぬがれるようになったものの、画期的な治療法はなく、根治《こんじ》の道は見つからない。

テロが始まったのは、そのあとだった。

白昼、広場で起きた爆破テロは人々を混乱させたが、それもすぐに慢性病となった。テロもまた、いともたやすく、ラザンの日常に溶け込んでしまったのだ。

それはラザンだけではなく、海外の国にとっても同じだった。

その証拠に、ラザン国営放送が海外向けに売り出している、テロを伝える映像を、彼らは欲しがらなくなっていた。テロが始まった当初は、こぞって放映権を買い求めた彼らが、いまはまるで興味を失っていることの、それは現実的な証明だった。

テロと戦争に喘ぐこの小国のことなど、気にする者は誰もいない。

それに、どこで爆発が起こったとか、何人が犠牲になったなどという悲惨なニュースを聞かずとも、世界には人々の興味を惹きつける素敵な報《しら》せがたくさんあるのだ。

逆に言えば、誰が金を払ってまで、そんな暗い話を聞きたいと思うだろう。そんなわけで、世界の関心は長い間ラザンから逸《そ》れていた。長い間だ。

しかしいま、そのラザンが再び世界の注目の的となっていた。ラザンとアラルスタンの国境、ブラッドラインで死んだアメリカのスター、Ｍの事件である。

「さて、今日も、まずはこのニュースからです」

気取ったアナウンサーの台詞で、モニター画面の右上に、一枚の写真が現れた。サングラスをかけ、飾りのついた白い衣装に身を包んだＭである。

「インターネット上に投稿されたこの動画に映る人物は、今月初め、ブラッドラインで亡くなったアメリカ人歌手のＭ氏であると見られており――」

流暢な説明とともに、画面は生放送前に議論を呼んだ、例の映像に切り替わる。

それは全体で十五秒にも満たない映像だった。写真ではなく動画だったが、それにしても動きは少ない。たたずむように立っていた人物が、突然、何かに弾かれたように倒れるだけ、それも、映像は不鮮明な上に遠景で、音声すら入っていない代物だ。だというのに、その小さい人影がＭで、撃たれて死んだのだと解釈できるわけは、その人影があの白い衣装を着用していることと、画面に表示された年月日と時間、それから何よりも、彼が立っている黄色い地面、そこに黒く浮かび上がった染みのような線――ブラッドラインが見て取れるからだった。

「今朝早く、インターネットの動画共有サイトに投稿されたこの映像、投稿者は『Ｍの代理人』を名乗っており、その素性や、どこでこの映像を手に入れたのか、また何の目的があって公開したのかは、依然、謎に包まれています」

もっともらしく、アナウンサーはうなずく。

放送が始まり、作業の手の空いたヌールは、知らず知らずのうちにMの映るモニターをにらみつけ、ぎゅっと口を結んでいた。

彼女は苛立っていた。年齢不詳のMの口元に浮かんだ微笑みが、なおさら彼女をむしゃくしゃさせた。多くの人々が悲しみに沈む中、このような彼女の態度は特異であった。

けれど彼女が思うに、それは他の人たちがおかしいのであって、自分の考えが間違っているという結論にはならなかった。では、なぜ彼女は苛立っているのか。原因は、このニュースそのものにあった。

ラザンのみならず、世界のトップニュースは連日、Mの死であった。そして、その事実こそが、彼女をこれほどまでに怒らせているのだ。

なぜなら、彼女はこんなゴシップに関わるために、親や親戚の反対を振り切って、祖国ラザンの国営放送に入局したわけではなかった。そうではなく、もっとずっと大切なことへ、その身を捧げようと決意していたのである。

そこには、祖国への熱い思いがあった。

彼女の故郷は間違いなく、このラザン独立国であった。しかし生まれはといえば、グレートブリテン北アイルランド連合王国――つまり、イギリスであった。ラザン南部の大地主であった両親は、彼女が生まれる前に先祖代々の土地を捨て、移民としてイギリスへ渡った。

彼らは、政情不安定なラザンで子供を育てることを嫌っていた。ラザンでは、いつどこでテロのとばっちりを受けるかわからない。彼らは、そんなことで大切な子供を失う恐怖に耐えられなかった。安全な環境を金で買えるのならば、それは安い買い物だと考えたのである。

結果、ヌールはイギリス人として成長した。

もちろん思春期のころには、自らの褐色の肌や、ヒジャーブで髪を隠すこと――つまりは両親から受け継いだ宗教について悩みもしたが、彼女の黒い瞳を美しいと囁《ささや》く恋人ができてからは、そんな思いは霧散《むさん》した。

彼は白い肌のイギリス人で、ヌールは彼にすべてを捧げてもいいと思うほど、のめりこんでいた。しかし結果から言えば、そんな彼女の恋は悲しい結末を迎えたのであった。

それは一見、彼女とは何の関係もないような、けれど世界中を騒がす大事件――二〇〇五年に起きた、ロンドン同時爆破事件であった。

ロンドン市内の地下鉄三カ所、加えてバスが爆破され、五十六人が亡くなったあの事件。後にこそテロ組織アルカイダが事件への関与を認めているが、当初寄せられた犯行声明は信憑性に乏しく、捜査当局は「何者かのテロ」と表現するにとどまっていた。

当時、ロンドンの北、バーミンガムに住んでいたヌールは、他のイギリス人同様、そのニュースに驚いた。

四年前には9・11があった。そして今度はロンドンだ。次は一体、世界のどこが標的となるのだろう。それは、何の比較もなしに強固だと思い込んでいた日常が、儚《はかな》いものだと知った瞬間だった。

万が一、自分や家族がこんな恐ろしい事件に巻き込まれたらどうしたらいいんだろう――事件当日、ショックを受けたヌールは、両親の勧めもあって学校を休んだ。勤勉な両親も珍しく仕事を休み、彼女に一日、寄り添った。

彼らは常に忙しく、娘と過ごす時間は少なかった。それゆえ、降って湧いたように訪れた家族との時間に、彼女は神に感謝を捧げさえしたのである。

けれど、いま思えば、ヌールは神に感謝する代わりに、別の心配をするべきだった。きっと、仕事を休んだ両親は口には出さなかっただけで、ひそかにそのことを憂いていたに違いない。つまり、ロンドンのテロを起こした人間の人種だとか、その人間の信じる宗教だとか、そういったものを。

なぜなら、その日を境にイギリスは、白人と有色人種、教会へ行く者とモスクへ行く者に、明確な違いを見出《みいだ》したからである。


ニュースを読み上げるアナウンサーを見つめながら、ヌールは服の上から腕の古傷にそっと触れた。国籍はイギリスでも、彼女は決してイギリス人ではない、そう教えてくれた古い傷。

両親が想像した以上の事件が、彼女を襲ったのだ。

もちろん、彼女の受けた傷は、体だけではなかった。手には触れられぬだけで、彼女の心にも、同じだけ深い傷が横たわっている。友人や、あれほど信じた恋人がつけていったものだ。そうして刻まれた傷は醜く深く、死ぬまで消えはしないだろうと思われた。

彼女は泣いた。そして何年か経ち、その涙が完全に乾いたころ、彼女は傷とともに立ち上がった。イギリスで生まれ育ったにもかかわらず、イギリス人であることを否定された彼女に残ったものは、たった一つだった。

それが黄色い砂の舞う国、ラザン。いまもテロに苛《さいな》まれる、彼女の本当の故郷。そこから逃れた両親とは反対に、彼女は祖国へ向かうことを決意したのである。

数日後、彼女の姿はラザン行きの小さな飛行機の中にあった。イギリスからラザンへは、いくつかの空港を経由する必要がある。慣れない旅に疲れ果て、ヌールは薄い眠りの中にあった。

小さな機体が揺れるたび、彼女は目を覚まし、そのつど、きしむような体を伸ばし——そんなことを何度か繰り返し、目的地が近づいてきたそのとき、初めて彼女はそれを見た。

黄色い大地に、染みのように走る黒い帯——ブラッドラインを。


ヌールは幼いころ、両親からその謂《い》われを聞いたことがあった。

ラザン人の血が染みたという、血塗られた国境線。ただの物語として聞いていたそれが、いま、現実として己の目に映っている。

あれがブラッドライン——目に入った情報が脳に伝わり、それが両親の物語と結びついた瞬間、ヌールの奥底から何かが沸き上がった。マグマのように熱く、その熱に心を焼かれるような、それは初めての感覚だった。

『——かつて、ここに私たちの血は流れたのだ——』

すると、頭の中で誰かの声が響いた。聞き覚えはないが、その声音《こわね》に彼女は懐かしさを覚えた。声は高らかに続けた。

『――この黄色い大地を染めるのは、私たちの流した万斛《ばんこく》の血。彼らは私たちが住んでいた土地を奪い、一族を殺し、あまつさえその切り落とした首を並べて国境とした。その赤がいまなお恨みとなって消えぬのだ。私たちを苦しめて止《や》まぬのだ。子孫よ、どうか彼らに報いを。私たちを殺した彼らに報復を――』

それは彼女の血に訴える、先祖たちの声だった。彼女はそう信じて疑わなかった。

そして、水が低いところへ流れるように自然に、その声に応えていた。

ええ、もちろん、もちろんあなたたちの無念は忘れません、私はそのために祖国へ帰ってきたのですから、と。

その言葉どおり、国営放送局へ入ったヌールは、人一倍忙しく働いた。

テロに苦しむこの国の実情を世界へ訴え、憎きアラルスタンを滅ぼし、祖先の無念を晴らすこと。それが彼女の決意であり目的だったのだ。

しかし、それは容易な道ではなかった。

ここラザンでは、テロによる死者数は年間千人ほど、この五年間では五千人ほどが犠牲となっていた。言うまでもなく、犠牲者は軍人ではない、女性や子供を含む民間人である。

だというのに、ラザン国民の命が失われたというニュースが流れぬ日はないというのに、世界はラザンに振り向きもしなかった。

それはなぜか。イギリスで生まれ育ったヌールは、悔しいながらも理解していた。

つまり――先ほども言ったように――悲惨なテロよりも、世界には人々の興味を惹きつける素敵な報《しら》せがたくさんある、それだけのことなのだ。ラザン以外の世界には魅力的なことが多すぎて、だから新しい一日の始まりに、わざわざ気の滅入るニュースを聞く気が起こらないのも当たり前の話なのだ。

しかし、同じ死だというのに、Mの死に人々は悲しんだ。その事実に、ヌールは怒りを感じていたのだ。


誰がどう言い訳しても、Mが特別中の特別だということは明らかだった。

失われたのは、たった一人の命。だというのに、その一人の死が、たった一人の死が、世界を悲しみの底に沈めている。

ヌールは、怒りと同時に、そんな世界を憎まずにいられなかった。たった一人のアメリカ人の死を嘆く世界なんて、はっきり言ってうんざりだった。その死に付随したもろもろさえ――例えば誰がMを殺したとか、映像を送ってきた人物は誰なのかとか、そんなことを世界中で議論することにも、何の意味もないと思っていた。

Mが死んで以降、ヤウームは、なぜか連日起こしていたテロを停止していて、それはいいニュースに思えたが、それもその死と関連があるかどうかもわからず、局内で流行った「テロリストが喪に服している」という冗談は、ヌールの顔を強ばらせた。

彼の死で、この戦争が終わるわけもない。

それどころか、ブラッドラインでのMの死は、さらなる争いの種になるはずだ。現にいまも、誰が彼を殺したのかと、世界中で言い争っているではないか！


その争いに終止符を打とうとしたのだろう、「彼を殺した銃弾は、テロ組織の使用するものと一致した」という発表が、数日前、アメリカ政府からなされた。

しかし、一方のヤウームは、アメリカの発表を否定する声明を出した。大人物の殺害を勲章代わりにする彼らにしては、異例の声明である。

もちろん、テロリストの言葉などを信じる気はないし、それはヌールだけではなく、世界の人々も同じだろう。しかし、アメリカ政府とテロ組織、二つの意見の食い違いは、そのまま戦闘へ繋がっていくに違いない。

慈善活動だか何だか知らないが、ブラッドラインを訪れた彼の身勝手な死により、またこの国の人々の血が流れるかもしれない――それを彼女は憂いていた。

『世界中の人々の命は、平等です』

　思考を遮るように聞こえた優しげな声に、ヌールははっとして顔を上げた。モニターを見ると、何のことはない、三年前、この国営放送にMが出演した際の映像を再び流しているだけのことであった。

　もったいぶるような、ゆっくりとした口調に、当時のヌールは内心、苛立ちを隠せなかったものだ。もちろん、いまとなってはなおさらである。

　画面の中で彼は、テロで親を失った子供のための施設を建て、乾いた砂漠に井戸を掘ったと話した。そしてこの放送局には自らの新譜を、無料で流せるよう段取りしたとも話していた。

　憎しみの始まりを君は知らない――そんな歌い出しの曲だった。

　断っておくが、ヌールも好きで覚えたわけではない。人気歌手の歌を無料で流せるとあって、テレビもラジオもこぞってこの曲を流したため、否が応でも頭にこびりついてしまっただけだ。

『憎しみの始まりを　君は知らない　それなのに　渡されたそれを　君は次の人へと手渡していく』

　エンドレス、という曲名だった。

　最終的には、「憎しみ」を「君」が終わらせることで、「世界平和」に繋がるだとか、そんな歌詞だ。

ヌールはこの歌が嫌いだった。Ｍは特別、テーマにした事象はないと言い切ったが、歌は、憎しみ合う双方の血で汚れたブラッドライン、その消えることのない黒い染みを、彼女に想起させた。

自分自身の想像でありながら、それが彼女には許せなかった。

なぜなら、世界平和を考えるのは、この国以外の「世界」であって、ラザンではないと彼女は信じていた。

ラザンはテロの一方的な被害者であり、救済を受けるべきは私たちなのだ。

それなのに、「憎しみを次の人に手渡していく」――もし、この歌がこの国を歌ったもので、Ｍがラザンに「アラルスタンを憎むな」と言うのならば、それは被害者に追い打ちをかける、心ない罵倒でしかなかった。

『この曲は、君たちの問題にも繋がると思う』

いまはもう亡い彼が、画面で微笑む。

――所詮《しょせん》、よその国のよその人間が言うことだ。

Ｍの言葉に引きつりそうになる頬を押さえ、ヌールは三年前も自分に言い聞かせた言葉を、また胸で繰り返した。

この男はよその人間で、都合が悪くなれば手のひらを返し、どこかへ去ることのできる人間だ。私のように決意を持って、この国を選んだ人間ではないのだ。彼女の目に映るMの行為は、今も昔も、実情を知ろうともせぬ金持ちの遊戯だった。

事実、彼の建てた施設は食糧供給の困難さから閉鎖され、掘られた井戸はふた月で涸れた。残ったのは彼の歌だったが、どんなに高潔な歌も空腹を満たさぬし、爆弾を花束に変えることもない。

それなのに、ここでは毎日のように罪のないラザン人の血が流され、終わることのない悲しみが、憎しみへと変わっていく。

Mの憂う、憎しみだ。そんなことはわかっている。けれど、悲しみを憎しみに変えずして、なんとしろというのだ。そうでもしなければ、ラザンの人々は前へも進めないというのに。悲しみの沼に囚われ、そのまま死ねとでもいうのだろうか。アラルスタンの暴力の前に、ただ無力にひれ伏して。


ヌールは精一杯軽蔑を込めた目で、モニターのMを見つめた。死んだ本人は知り得ないだろうが、この事件でヌールが確信したことが、少なくとも一つある。

世界中の人々の命は平等です——そう言った彼の言葉が、やはり間違っていたということだ。目に見えるほど明らかに、人の命は平等ではない。皮肉にも、彼自身の死がそれを証明したのだ。

さらに言えば、ラザン人と欧米人の命の価値には、完全なる隔たりがあるということを。

いま思い返せば、ロンドンのテロで亡くなった人はたったの五十六人だった。史上最悪のテロと言われた9・11でさえ、死者数は三千人に満たない。たった三千人だ。

対して——例えば、アメリカはその報復としてイラクを攻撃し、何人を殺したか。驚くべきことだが、イラク戦争で民間人が何人死んだのか、アメリカは公表していない。けれど、その数は五十万人を超えるのではないか、という調査結果がある。三千人対五十万人。アメリカ人の命は、イラク人のそれに比べて百倍以上の重みがあるのだという、これは揺るぎない事実である。

そして、ラザン人の命もそれと同じであることは想像に難《かた》くない。少なくとも、たった一人のMの死は、世界で報道されることのなかったラザンの人々五千人の命よりも重かったのだから。

もし彼が死後の世界でこの騒ぎを見ていたら、人間の命は平等であるなどという世迷いごとは決して言えないはずだ——ヌールは皮肉に顔をゆがめた。

恐れ多くも、アメリカ大統領やラザン首相が弔辞を述べ、ヤウームまでもが自分たちの仕業ではないと弁明をする。罪なき人々の死とその報道は脇に追いやられ、彼一人が堂々と弔いの花道を歩む。この華やかな葬送を。

「おい、いつまでもぼやっとするな!」

耳元でがなり声が聞こえ我に返ると、番組はとっくに終わり、局員たちはそれぞれの仕事に取りかかっていた。

「すみません」

慌てて立ち上がったヌールに、そういえば、と同僚の男が尋ねる。

「例の新しい局員ってのは、いつから来るんだ? 局長が面接したと聞いたが」

「来月からです。入館許可証は渡したので」

放送局へのテロを警戒して、警備は厳しい。局へ入るには、誰であろうと許可証が必要なのだ。

「そうか。女なんだろ? 使えるやつだといいが」

最後は独り言のように言うと、彼はその場を離れていく。

私も女ですけど、その背中に言い返そうとして、ヌールは肩をすくめ、パソコンの前へ座った。今日のニュースを一覧にしてまとめておく、それもまた、彼女の仕事だったからだ。

ヌールは手始めにメールソフトを開いた。それは習慣となっている何気ない動作だったが、そのときふと、手が止まった。一通の新着メール、その差出人欄が目を引いた。何度もその文字を読み、間違いがないことを確認する。

次に彼女がしたことは、気配を消すように息を止め、そっと周囲に目を走らせることだった。

観察の結果、彼女の動作に注目している者は誰もいないようだった。それならこのメールを消してしまおうか――一瞬、よこしまな考えが浮かんだ。マウスに置いた手が震える。

「局長！」

しかし、そんな思いを一蹴して、彼女は大声で局長を呼んだ。

「どうした」

局長が近づいてくる。メールを消してしまうのは簡単だった。けれど、そんなことをしても何も変わらないということはわかっていた。

「このメールなんですけど……」

局長が立ち止まる。彼女は体を開き、届いたものを彼に見せた。件名のないメール。その差出人は、いまや誰もが名を知る「Ｍの代理人」であった。

第６章　日本国

電源ボタンを押すと、年代物のブラウン管はブオンと低音を立て、ゆっくりと明るくなった。同時に、テレビ台代わりにされていたＶＨＳ専用のビデオデッキが、がちゃがちゃと奇妙な音を立てる。

そこには、氷川きよしの出演番組を録り溜めたビデオが入っているはずなのだが、どうやら内部で磁気テープが絡んでいるらしく、取り出せなくなっていた。しかし、それももう一年以上前からのことだ――奥山一彦はため息をつき、くたびれたネクタイを緩めた。

彼が帰宅したのは、いまどきは貧乏学生でさえ敬遠するであろう、風呂なし１Ｋの狭苦しい部屋。駅から徒歩二十五分、洗濯物を干すベランダもなく、唯一の窓からの景色は、手が届きそうな距離に建つビルの壁という物件だ。

だからこそであろう、このぼろアパートの家賃は、彼が母親と住みはじめた三十年前と変わらず、驚くほど安かった。いや、それともこういうことかもしれない――一彦は、このアパートの一番の古株なのだから、大家が気をきかせて賃料を据え置いてくれているのだ。

他の店子《たなこ》と交流のない彼に、それを確かめるすべはなかったが、一彦はそう考えることで満足していた。ともあれ、彼は床に散らかったゴミを掻き分け、着ていた背広をハンガーに掛けると、ＸＬの部屋着に着替えた。


東京は暑い。そのうえ、このごろは以前と比べて十キロも太ったのだから仕方がないことではある。六十近い年で「中年太り」もないとは思うが、最近では通勤電車に乗ると、若者があからさまに自分から距離を取るのがわかる。毎日の着用で汗をたっぷり吸った背広は、着ている本人にも少し臭うのだから、他人にはよほど臭いのだろう。

彼は、床に転がっていた除菌消臭スプレーを、丹念に背広に振りかけた。風通しの悪い部屋に充満した強烈なアロマ臭に、大きなくしゃみが出るが、これで汗の臭いは消えたはずだ。

色の変わった敷布の上に座り込むと、コンビニ袋から、まだほのかに温かい焼き肉弁当を取り出す。割り箸を割るのももどかしく、中身をせっせとかき込みはじめる。

彼の勤め先は清酒のビン詰め工場で、仕事はベルトコンベアで流れてくるビンの倒れてしまったものを、手で立て直すというものだった。

工場では作業着が支給され、勤務中はその着用が義務づけられている。だから、あの汗臭いスーツは彼の通勤着であった。

スーツ姿で出勤し、ロッカーで作業着に着替える彼を、二十歳そこそこの若い同僚たちは笑っていた。それを知ってはいたが、長年の習慣は変えられるものではない。

いまさら普段着のままラッシュアワーの電車に乗るのは肩身が狭かった。それに昭和一桁生まれで、漢字もろくに書けなかった母親は、彼がスーツを着ているというだけで、息子がちゃんとした勤めへ出ていると安心したものだ。

母は毎日、この狭い部屋で一汁三菜の夕飯を支度して一彦の帰りを待ち、彼のスーツの皺を伸ばしながら、お前を大学へ出した甲斐があった、と何度も言うのであった。

しかし、その母親も半年前に亡くなった。八十九であった。


一彦は弁当を食べる手でノートパソコンを開き、起動した。こちらはおんぼろのブラウン管と違い、瞬時に鮮やかな光で彼の顔を照らし出す。

一縷《いちる》の希望と、その真逆の感情を抱《いだ》きながら、タッチパッドの指を動かし、封書形をしたアプリケーションを開く。期待したメッセージは——なかった。苛立ち、何回か続けてボタンをクリックする。しかし、やはり来ていない。

『はぁい、今週も始まりました、新感覚シミュレーションクイズ、当たってQ――』

唐突に女性の声が耳に入り、一彦はテレビ画面に目をやった。

パステルカラーのセットの中、若い男女が楽しそうに拍手している。どうやら、目当ての番組ではないようだ。彼は、急いでチャンネルを変えようとゴミをまさぐった。

そうしてから、今日もまたリモコンを買うのを忘れたことを思い出し、舌打ちをする。

パソコンで何でも済ませてしまう一彦がテレビを見ることは珍しく、この昔ながらのブラウン管と、動かなくなったビデオデッキは、複雑化していく電子機器に対応できなくなった母親専用の道具だった。

そして、そのリモコン――まるで親鳥が卵を抱《いだ》くように母が抱えていたそれは、彼女の死後、ゴミのどこかへ消えてしまった。一彦は、仕方なく重い体を移動させ、テレビ前面のスイッチでチャンネルを切り替えた。


『きよしくんのビデオが見れなくなったんよ』

死ぬ何カ月か前、母親はおずおずと切り出した。

「きよしくんのビデオ」を見ることは、年でパートへ出られなくなったころからの、母の唯一の趣味で、生き甲斐だった。それを知らない一彦ではなかったが、彼は無視を決め込んだ。

『古いから、壊れたんかね』

おもねるように、もう一度母は言ったが、それも一彦は無視をした。そうするのには訳《わけ》があった。自分では何もできない母親は、彼にとって軽蔑の対象だった。壊れたビデオデッキを直せ、とまでは言わない。しかし、再起動してみるとか、説明書を読んでみるとか、その気になれば彼女にもできることはあるはずだ。

加えて――それは、このときばかりではなかったが――彼は、母親が床についたあとの自由な時間を待ち望んでいた。

ただでさえ狭い部屋だというのに、母親と同居するのは息が詰まる。その息抜きにと起動したノートパソコンの画面では、すでに一糸まとわぬ白人女性が悩ましげな目線を送っていた。あとは、邪魔な母親が眠りにつくのを待つだけだ。

『……仕方ないよね』

息子が答えないことを知った母は、それ以上は何も言わず、部屋の隅の布団に横たわった。

一彦は待ちきれず、母に気づかれぬよう、ズボンの中に手を差し込んだ。そして欲望がすっきりしたあとは、母の言葉など忘れてしまっていた。

いま思い返せば、あのとき新しい機器を買ってやれば良かったかもしれない、と彼は思う。

母の死後、ネットで見かけたビデオデッキは五千円もしないものだったし、そうすれば、今際《いまわ》の際《きわ》に母が呼んだ名前は、あんな演歌歌手のものではなく、息子の名だったかもしれなかった。

いや、しかしそうとも限らない。新たにデッキを買ってやっても、あの頭の悪い母親に使いこなすことはできなかっただろう――接触の悪いスイッチに苦労しながら、一彦は考えを改めた。

スカイツリーが建ち、地デジに切り替わってもなお、母は割り振りの変わったチャンネルに慣れずに死んだのだ。新しいデッキなど豚に真珠、猫に小判だっただろう。

砂嵐の混じるチャンネルをようやく切り替えると、一彦は手を止めた。そこには見覚えのあるシルエットが映し出され、胸にじわりと染みる懐かしい歌が聞こえた。

Mの歌だ。この歌は――そう、『LOVE&PEACE』だ。瞬時に理解し、一彦は満足げな笑みを漏らした。

この歌は、題名の陳腐さもさることながら、歌詞すら陳腐な歌である。

愛だの平和だの世界だの、まるで手垢のついた言葉だけを意図的に選んだかのような、あまりに平凡な曲だった。けれど、俺には彼の思いが理解できる――一彦は焼き肉を咀嚼しながらにやけた。

その言葉が陳腐になるほどかしましく、人間は愛だの平和だのと歌っている。しかし、だというのにどうだろう、現実の世界はちっとも変わらない。

これはそんな変わらぬ世界を皮肉った歌であった。

少なくとも、一彦にはそう聞こえた。そして思っていた。世界広しといえども、ここまで彼を理解しているのは俺だけだろう、と。


始まったばかりのその番組は、亡くなってからそろそろ一カ月が経とうという、Ｍの追悼特集だった。スタジオには彼のファンだという芸能人たちが集まり、神妙な顔つきで生前のＭの姿を眺めている。

そして『ＬＯＶＥ＆ＰＥＡＣＥ』が終わると、カメラは涙を流す、若い五人組アイドルの一人を映し出した。

「私、実は前から、すごいファンだったんです。ホントにすごく大好きで、だからすごい悲しくって……」

「自分、若いけど知ってんねや」

オレらの世代ど真ん中の人やで――年配のお笑い芸人が驚き顔を作る。すると、泣

いているのとは別のアイドルが、

「知ってますよぉ。ってか、三年前ですよね、アルバム出したの。あたしが小学校六年生のころですけどぉ、あれ、またダウンロードランキング上位に上がってきたんですよ」

「そうなん?」

司会が身を乗り出すと、今度はその隣の少女が澄ました顔で言った。

「ってか、Mさんって年齢不詳すぎて、うちらとしては逆におじいちゃん世代が知ってることのほうがオドロキですよ」

「おじいちゃんて……、やかましいわ!」

わはははは、その突っ込みに、スタジオが笑い声に包まれた。

どうせやらせの効果音だろう、一彦は鼻白んだ。芸人の発言は特に面白くなかったし、実際に観覧者が笑ったとも思えなかった。

何より、可愛らしいアイドルが、一彦よりも年下の芸人を「おじいちゃん」と呼んだのは不快だった。この感覚は、同じ年代の視聴者なら誰しも感じるところだろう。

思ったことはそのままにしておけない性格だった。さっそく、テレビ局に苦情のメールを送ってやろうとしたとき、胸に突き刺さるようなエレキギターの音が飛び込んできた。

「それでは、聞いていただきましょう。八十年代に発表されたMさんの最大のヒット曲です。どうぞ」

『ＡＮＧＥＲ』だ。何十年ぶりかに聞くその曲に、一彦は思わず憤《いきどお》りを忘れて聴き入った。

その題名が示すとおり、激しい怒りを歌った曲。

スタジオで目を潤ませているあの尻の青い小娘が、いくら彼のファンだと言い張ったとしても、この曲の意味など欠片《かけら》もわからないに決まっている。すべての曲は、時代と密接な関わりを持っている。そしてこのような名曲は、その時代を生きた者にしか理解することができない。

かといって、いまのような時代――無感情な若者が跋扈《ばっこ》する時代には、理解もへったくれもない、ちゃらちゃらしたアイドルソングがお似合いだ。

しかし、一彦が若いころは違ったのだ。

曲には確固とした背骨があった。『ＡＮＧＥＲ』が良い例だ。この曲は、彼の若かった時代――東西冷戦の真っ只中に生きたMが、その時代と己の限界を重ね合わせた歌なのだ。

だからこそ、この歌が伝えるものはあの時代を生きた者、同じ戦いをした者にしか解らない――いや、同じ時代に生きても、解らない者には解らないだろう。

事実、Mはこの曲を理解しない世界に怒り、一度は引退も危ぶまれたほどなのだ。

何十年かぶりに胸に染みこむ彼の歌に、一彦は酔いしれた。若さゆえの焦りと、国家主導の時代の流れ、絶望、そして葛藤――時代の走馬燈が、肺にきつい煙草を入れたときのような恍惚感をもたらした。

Mは一彦の分身だった。

そう思えるほど、彼はMの歌を深く理解できると思っていた。

違いとしては、彼が日本の一般庶民で、曲を制作する代わりに、日がな一日、倒れたビンを起こし続けていることだったが、彼に言わせればそれは道を諦めざるを得なかった事情のせいであり、才能の有る無しではないのだった。


俺は結局、大義よりも母親を選んだってことだ――工場での休憩時間、一彦は事あるごとに、聞かれもしない話をしてみせた。

マルクスもケインズも原書で読んだ。そのときの仲間には公安に逮捕されたやつもいる。『神田川』って歌、知ってるか？　あの歌に出てくるような四畳半のアパートで、仲間と徹夜で議論を戦わせた経験も、何度あるかしれない。

できることなら俺はあのまま大学へ残り、残りの人生を研究へ捧げるつもりだった。

しかし大学四年のときに父親が死に、そのショックで母親までもが倒れちまった。一人息子の俺は、そんな母親を見捨てることができなかったってわけさ——。

貧しい農家に生まれた一彦の母は、漢字も書けないような、学のない人間であった。学がないばかりではない、根から愚かで、暴力を振るう父親から逃げることさえしなかった。

それなら父親が死ねば自由になるかといえば、そうでもなく、迷惑なことに自分まで倒れ、息子の未来を押し潰した。

世界が争うのは資本主義経済の所為《せい》であり、それを選んだ人間の所為であり、そしてそれこそが現代の原罪である——それが一彦の信念であったというのに、母親のために就職を選んだ彼は、もはや他の人間たちと同様、原罪に加担する罪人であった。

彼はＭの歌を聞くことをやめた。就職が決まると、大学の専門書もＭのレコードもすべて燃やし、青春を過去に押し込めた。それが、一つの魂を共有しているとまで感じたＭとの訣別の儀式だった。

それからの一彦の人生が順調に進んだかといえば、そうではなかった。大体、一言《いちげん》居士《こじ》の彼に、サラリーマンなど務まるはずがなかった。最初の会社は、ふた月で首になった。相手が上司であっても引き下がらず、真正面から議論を挑んだからだ。

そんな彼を評して、母親は我慢が足りないと言った。

たとえそれが劣悪な労働環境であっても、酒席で上司に宴会芸を強制されたとしても、彼女は、それを黙って受け入れるべきだと考えていた。このような考えを持っていたからこそ、彼女は夫からの暴力に甘んじたのだろう。

しかし一彦はといえば、違う考えを持っていた。

長いものに巻かれるのは、彼の最も嫌うところだった。結局、彼は九回も会社を変わり——四十の声を聞こうというあたりになって、いまの職場、清酒のビン詰め工場に辿り着いた。

工場のオーナーが、かつて学生運動に身を投じた同志だということもあり、働き口を提供してくれたのだ。初めて己を認めてくれる雇い主に出会った彼だったが、けれど、それで若いころの情熱が戻ったわけでもなかった。

気づけば一彦は年を取っており、その短いとは言えない歳月で、彼の信念は抜け殻となってしまっていた。

彼は工場で働くうちに、昔話を英雄譚のように語るだけの、屍《しかばね》と化していたのだ。

Mの訃報《ふほう》が飛び込んできたのは、そんなときだった。

母親の死後、放ってあったテレビをつけると、緊迫した声のアナウンサーが、彼はテロリストに射殺されたと伝えていた。続いて、訳知り顔のジャーナリストが「彼の死で、アメリカはアラルスタンへの攻勢を強めるでしょう」と話すＶＴＲが流れる。

それから、Ｍの棺に泣きすがる、彼の黒人の従兄弟たちが映し出された。おんおんと泣きむせぶ彼らを見て「白い黒人」という、Ｍのデビュー時に騒がれた、奇妙な言い回しを思い出す。黒人の母親から白人が生まれるなど、遺伝子とは不思議なものだ。

たしか、Ｍは白人の女優と結婚し、すぐに離婚していたが、もし彼に子供がいたら、その子供の肌は何色であっただろう。

ＭとＭの家族――その家族写真のようなものを一彦は少し想像し、すぐに頭から追い出した。


「それにしても、Ｍの代理人って誰なんやろなあ。どう思う？」

歌が終わると、テレビの中で芸人が聞いた。『Ｍの代理人』とは、彼の死後、世界へメッセージを送る正体不明の人物だった。するとその問いに、中年の俳優が勢い込んで言った。

「最初、インターネットにその――Ｍさんが倒れる動画を上げたのは、その人ですよね。で、今度の彼の遺言っていうのも、その人が……」

「十日後に放送されるって予告があった、Mさんの遺言な？」

「そうですそうです。普通に考えて、Mさんの近しい人……、友人の方とか、マネージャーさんとかだとは思うんですけど。あと、いまだに連絡が取れないっていう、Mさんの別れた奥さんとか。まあ、でもここまで正体が明かされないって、ちょっと不気味ですよね」

「でも、遺言って世界で一斉に生放送されるらしいじゃないですか？　すごくないですか？」

アイドルが口をはさむ。

「普通、そんなことできないですよね？」

「そりゃ、世界のスーパースターやからできるんやろなあ。テレビもラジオも一斉に、しかも生放送て。はー、誰も真似できんわ」

「っていうか、普通の人は万が一のことを考えて遺言を残しとくなんてこと、しませんよねぇ」

俳優がうなずく。

「もちろん、彼だから必要なんでしょうけど。遺産とか、曲の権利とか、いろいろ……」

「えっ、そっかそっか。生きてるうちに、死んだあとのこと考えるってことですもんね。やだあ、怖い。あたし、絶対遺言なんてしたくない！」

「しなくってても大丈夫やろ。君も俺も、遺言せんといけんほどの財産はありませんからね」

一瞬後、あ、そうかも、というアイドルの奇妙な納得と、スタジオの笑いが重なった。

「はい、それではここで、そのMの代理人さんによる、全世界一斉生放送が行われる時間なんですが――」

笑顔で芸人の横に突っ立っていた女性アナウンサーが、大きなフリップを取り出した。

「アメリカで夜の十一時からですから、日本時間では午後の――一時になりますね。ちょっとお昼の時間からは、ずれちゃっているんですが」

「でも、見逃す手はないですよ。みんなどうにかして見るんじゃないですか。ワンセグとか、電気屋とか」

俳優の発言に、スタジオに笑いが起こる。普通は仕事中だぞ――一彦は忌ま忌ましげに画面をにらむ。

しかし――と、すぐに考えを巡らせた。たしかに生放送を見逃す手はない。だから、その日は休憩を長めに取ればいいだろう。長く勤めているのだ、そのくらいは許される。

一彦は、いままでも遅刻や無断欠勤を繰り返していたが、それでも注意されることはなかった。その自信が、一彦の態度を増長させていた。

五百ミリペットボトルのコーラをほとんど一気に飲み干し、一彦は大きなゲップをした。あんなにボリュームのある弁当を食ったというのに、腹はくちくなかった。

自然と手が、弁当と一緒に買ったポテトチップスに伸びる。一袋すべて食べてしまうのは、体に良くないとわかっていた。けれどその習慣をやめることはできなかった。

それは、散らかったこの部屋も同じで、彼は毎朝、今日こそは溜め込んだゴミを捨てようと思うのに、結局何もできないのだった。

不健康に太っていく体に、彼は為す術《すべ》がなかった。

認めたくはないが、変化は母親が死んでからだろう。彼女が生きていたころは、この部屋は清潔で、豪華ではないが素朴な飯が毎日供《きょう》されていた。

だから――これは一彦自身も気づいていなかったが、彼の空腹はコンビニ弁当やポテトチップスで満たされるものではなかった。

それは誰かの作った料理――例えば、母の作る、かさ増しの大根入りの肉じゃがや、粗末なものを刻んで混ぜただけの、かやくご飯でなければ、いつまでも腹は減るのだった。

母のことを思い浮かべると、家族——先ほど打ち切った想像が、再びじわりと頭を侵《おか》した。いままで生きた五十余年、一彦には恋人と呼べる相手ができたことはない。何度か見合いをしたことはある。けれど、ことごとく振られてしまったのだ。

それは、母親との同居と、家族を養うに十分とは言えない工場の賃金のせいであろう。けれど、そんなことが理由で断る女性など、こちらから願い下げだった。

独身でも不自由を感じることはないと、強がり半分で彼は思っていた。子供に興味はなかったし、性欲の処理なら一人でも——一人が味気なければ風俗に行けばいいと、深く考えたことはなかった。

だから一彦は、「早く結婚せんと」、そう急かす母を無視して、見合いをすべて放り出した。独り身に不自由を感じなかったのは、結局は、身の回りの世話をしてくれる母がいたからだと気づいたときには、もう後の祭りだった。

一度孤独に気づいてしまうと、彼は突然寂しくなった。話し相手は言うまでもなく、部屋の掃除や、飯や風呂を用意してくれる人が欲しいと思った。

現実世界に伝手《つて》のない一彦は、ネット上で相手を探しはじめた。気に入ったのは、世界中の人と出会えるという謳《うた》い文句のアプリケーションである。

若いときに覚えた英語とロシア語を駆使し、彼は手当たり次第に相手を探した。日本ではなく、外国の女性ならば、という期待があった。そして期待どおり、素晴らしい女性と出会うことができた。

その女性は、まるでモデルのような美しい顔をしたロシア人だった。

プラチナブロンドの髪は見るからに良い匂いが立ち上ってきそうで、妖艶な目つきは彼の男性を否応なく、いきり立たせる。

彼は、一目で彼女の虜になった。

『私だけじゃ恥ずかしいわ。あなたの写真も見せてくれる？』

そう言われたが、相手とは三十も年の差があった。ためらっていると、

『私が容姿なんて気にすると思っているの？　メッセージを通じてわかっているわ、あなたは男らしくて、心の綺麗な人だって』

その言葉に舞い上がった一彦は、携帯で自撮りした写真を送った。返事はすぐに来るはずだった。しかし、それからすでに一カ月——いままでは日を置かず届いていた彼女からのメッセージは、完全に絶えていた。

勇気を振り絞った結果だけに、一彦はどん底へ落ちた。純粋に好きだと言ってくれ

た彼女に操《みさお》を立て、その写真を使っての自慰さえ我慢していたというのに――。

一彦はとうとう、彼女を汚《けが》す決心をした。

袋菓子を空にすると、満たされぬ食欲に指をねぶりながら、画像フォルダを開いた。その中から一枚を選ぶ。彼女の写真だ。開いただけで、びくりと下半身が反応した。

一彦はごそごそとズボンを下ろし、固くなったペニスをしごきはじめた。

彼女に虚仮《こけ》にされたという暗い思いが、美しいものを汚してやろうという欲望を加速させた。抑圧されていたものは、早すぎるほど早くほとばしり、

「マルカ！」

彼女の名を叫び、彼は果てた。

自分の鼓動と、荒い息づかいだけが大きく聞こえ、一気に虚脱感に襲われる。ティッシュで股間をぬぐい、ゴミの中に寝転ぶ。首を少し傾けると、ちょうどモデルハウス見学会のチラシが目に入った。

優しそうな両親に、楽しそうな兄妹、それから小さな茶色い室内犬。すなわち――家族。こんなもの、幻想だ。一彦はそう切り捨て、目を背けるように固く閉じた。

家族など、実体のない幻想であるはずだった。そんな幻に惑わされ一軒家など買った日には、地獄のローンに喘ぐ日々が待っているに違いない。だから、一彦が結婚しなかったことは、人生最良の決断であったはずだ。

まぶたの裏の闇に、他に思い浮かべる友人さえいない彼は、やはりMのことを考えた。Mも一度は結婚したものの、すぐに離婚したではないか。

憎しみあっての離婚ではない、などとワイドショーは彼の言葉を伝えていたが、その葬儀――従兄弟たちが棺にすがりつくあの映像の中に、離婚した元妻の姿はなかったではないか。

それが何を意味するか、そんなことは子供でもわかる。「Mの代理人」が彼女だという話もあるが、それもただの憶測だろう。

とどのつまりはそういうことで、家族など所詮、赤の他人なのだ――一彦は満足げに口をゆがめると、怠惰《たいだ》にズボンをずり上げた。それから、この部屋の何よりも臭う、丸めたティッシュを部屋の隅に放り投げた。

第7章　フランス領ニューカレドニア

自家用飛行機の窓から遠ざかっていく美しい島に見向きもせず、ヘレナ・エインズワースは小刻みに膝を揺らしていた。島は、彼女の所有する無人島。南太平洋に浮かぶニューカレドニア本島からセスナで一時間弱、まさに地上の楽園と呼ぶべき場所である。

透明な海、真っ白な砂浜、静かな風にそよぐ椰子の木陰。太古の神殿を思わせる荘厳華麗な別荘を取り回すのは、料理人やメイドなど、必要最低限のスタッフのみ。外界とのコミュニケーションは遮断され、騒がしい情報は一切入ることがない。

つい先ほどまで、ヘレナは自らの専有するその天国で、交際を始めて数カ月の十五も年下の男――エルミニオと、二人きりの甘い時間を楽しんでいた。

恋を楽しみたいのなら気取ったフランス男、けれどセックスなら情熱的なイタリア男に限る――そう言ったのは、あのころ、同じ女優を目指していたルームメイトのジョアンナだったか、それとも懐かしい映画の台詞だったか。

いずれにせよ、四十過ぎのヘレナから見れば、まるで少年のような容貌をしたエルミニオも、ベッドの上では立派な男で、期待以上に彼女を楽しませてくれた。彼は、主人の望むことならば何事も厭わない従順な飼い犬で、ヘレナはこの一カ月間、その黒い瞳の恋人をペットのように、いつくしんで止《や》まなかった。

けれど、いま――その飼い犬はといえば、ヘレナの隣ではなく、二つ離れた後ろの席でじっと息を殺している。いま主人に甘えようものならば、どんな怒りが向けられるか、彼の動物的な本能は敏感に察知しているのだろう。

そして、彼の対応は正解だった。感情の渦の中心にいるヘレナは、話しかけられようものなら、相手が誰であろうと怒声を上げ、完膚なきまでにやり込める自信があった。その話しかけてきた相手が、たとえ合衆国大統領であったとしても、だ。

その原因は、バカンスの終わりに彼女たちを迎えにきた、操縦士の一言だった。

彼は、ヘレナが天国での一カ月間、テレビも見ず、誰かに電話やメールさえすることもなかったというのに、その話題を彼女が当然知っているものと決めつけたうえで、まるで軽い世間話をするかのように話しかけてきたのである。

M氏のこと、ご愁傷様でした――と。

耳がその言葉を聞き、数少ない手がかりから脳がその意味を推測した瞬間、目の前の美しい景色が、ぐるりと回った。

演技を仕事としているにもかかわらず、ヘレナは自分がいま、どういう表情をしているのかすら、わからなかった。

けれど、それはひどい顔をしたのだろう、エルミニオが一歩後ずさる気配がして、目の前の操縦士の顔がこわばった。

『当然、ご存じかと――』

彼は言い訳めいた言葉をつぶやいたが、それはヘレナの叫びに掻き消された。有無を言わさず、彼女は操縦士の携帯電話を奪い取った。覚えている限りの番号に電話をかける。それから、それが悪い冗談ではないことを確かめると、今度は嵐のように怒り狂った。

バカンス中は何があっても連絡をしないで、そう念を押したのは、たしかに彼女自身である。けれど他でもない彼が死んだのだ、誰かが気をきかせるべきに決まっている。やり場のない怒りに、彼女は気が狂いそうになるのを懸命にこらえた。彼女には、その事実を誰よりも知らされる権利があり、その怒りは正当なものといえた。

なぜなら彼女は、Mの娶《めと》った唯一人の妻だったからである。

Mと彼女が出会ったのは、ある映画のオーディション会場だった。

そのとき、ヘレナはカンザスの田舎町から出てきたばかりの小娘で、持っているものといえば「女優になりたい」という、その場にいる全員が持っているような代わり映えのしない志《こころざし》と、それから――手製のグリーンピース・パイの入った包みだった。

『あなたじゃないわ。私の手を引くのは、運命よ』

待ち時間の間、ヘレナは何度もオーディション用の台詞を口にした。それは、友人も恋人も、何もかも振り捨てて町を出るヒロインの台詞だった。

大丈夫、きっとうまくやれる――彼女は自分を励ました。このヒロインと同様、彼女は何もかも捨てて、ニューヨークへ出てきたのだ。込められる気持ちは、他の応募者の何倍も強いはずだった。

彼女が育ったのは、広大なカンザスの、どこにでもあるような畜産の町だった。しかも、とても小さな町だ。ヘレナのニューヨーク行きは、あっという間に噂になった。

『町の子供らの中で、牛を追うのが一番うまかったあのお転婆が、女優だって？』

『どうすんだ。都会の真ん中じゃ、牛は飼えねえぞ』

多くの人が笑った。けれど、馬鹿にされても笑われても、どのみち彼女は平気だった。いつか主演の映画が何本もあるような立派な女優になる、それが彼女の夢であり、運命であると信じていたからだ。

しかし、現実はそう甘くなかった。彼女は何度も書類審査で落ち、やっと面接までこぎ着けたのが、このオーディションだったのだ。

オーディション会場の案内通知に、ヘレナはルームメイトのジョアンナと喜びを分かち合い、その日に向けての準備を始めた。

彼女が手にさげている、お手製のグリーンピース・パイは、その「準備」のうちの一つだった。裏庭で採れた豆を使って、田舎の母親がよく作ってくれた、世界一おいしいレシピである。

実は、この映画には、ヒロインが故郷の味であるコーン・マフィンを食べ、涙する場面があった。

だから、彼女にとってのコーン・マフィンは、私にとって、このグリーンピース・パイなんです――ヘレナは審査員たちにそうアピールするつもりだった。ニューヨークで新鮮な豆は手に入らず、グリーンピースは缶詰のものだったが、おいしいと言ってもらえるようにきちんと味見もしてある。

『121番から130番まで、中へ』

思いにふけっていると、厳しい目つきの女性が廊下に顔を出した。いよいよだ――

ヘレナは勇んで会場に入ろうとした。と、女性が彼女を止めた。

『127番、荷物は持って入らないように。失格になりますよ』

有無を言わさぬ眼差しと声に、ヘレナはたじろいだ。しかし、懸命に声を張り、

『これは必要だと思って持ってきたんです』

『必要?』

すると、女性は鼻で笑った。

『必要かどうかはあなたが判断することじゃないわ。あなたがこの映画に必要かどうかもね』

皮肉に、顔がカッと熱くなった。思いがけず涙がこぼれた。

『で、でも、私、田舎から出てきたばっかりで、やっとここまで来られて……』

ここで負けちゃいけない、何とか言葉を継いだヘレナだったが、女性は眉一つ動かさずに言い切った。

『そんな人、ここには大勢いますよ。さあ、あなたはもう帰って。次はこんな馬鹿な真似をしないことね』

『待ってください!』

閉じられようとするドアに、無我夢中で体をねじ込もうとして――彼女の手からグリーンピース・パイの包みが飛んでいった。

包みはほどけ、中のパイが床に無残に飛び散った。女性が忌ま忌ましそうに舌打ちをする。彼女は惚《ほう》けたように、そこにへたり込んだ。

中身が飛び出し、ひしゃげたパイは、彼女の心そっくりだった。もう終わりだ、これは神様がカンザスへ帰れと言っているのだ、そう思った。そのときだった。

『これは、君が作ったの？』

それは、映画の主題歌を歌うＭだった。審査員として会場に呼ばれていた彼は、ゆっくりとした動作で崩れたパイに手を伸ばすと、皆が見守る中、ぱくりと一口、口にした。そしてなぜか、くすりと笑った。

『おいしいよ』


そこから、どこをどうしたのか、運命は彼女とＭをあっという間に結びつけた。気がつけば、無名どころか女優志望というだけの彼女は、純白のドレスに身を包み、世界一有名な歌手に見つめられていた。

『会った瞬間にわかったよ。君は僕のフライヤだ』

ヴェールを上げながら、Ｍは彼女に囁《ささや》いた。

イギリス訛りの牧師は何のことかと不思議そうな表情を浮かべたが、ドイツ系の彼女は、その女神の名に顔を赤らめた。そして、お決まりである牧師が言う誓約の言葉に、はい、と答えた。

娘が有名人――それもMと結婚するなど、式が終わるまで信じられないというような顔をしていた両親も、教会を出た彼女を涙で祝福してくれた。黒い肌をしたMの母親も、彼女のことを娘として抱きしめてくれた。

当時、二人の結婚は二十世紀最大の衝撃とまで呼ばれた。Mの妻として、一躍有名人の仲間入りをしたヘレナは、新婚旅行を終えたその日からテレビで引っ張りだことなった。

最初に出演契約したのは、コメディ番組で活躍を始めた、かつてのルームメイト、ジョアンナとの共演だった。トーク番組に出た二人は、カメラの前で再会を喜び、下積み時代の出来事を面白おかしく語ってみせた。そして、いかに自分が幸せであるかを語り尽くした。

ただでさえ曲の制作やコンサートで忙しい夫は、さらに恵まれない国への慈善活動にも熱心だったため、彼女と過ごす時間は少なかった。けれど、その少ない時間が二人の絆をより強くしていた。

誰が何と言おうが、彼は世界中のどんな人間よりも完璧だった。優しく、思いやりに溢れ、それから彼女の作ったグリーンピース・パイを食べてくれる、最高のパートナーだった。

その幸せを後押しする出来事が判明したのは、結婚から一年経ったころだった。

妊娠だ。

とはいっても、つい先日に判《わか》ったそれは、まだほんの初期で、妊娠検査薬を片手に慌てて産婦人科へ走ったヘレナに医師は、また来週来てください、と言った。赤ちゃんの心音が確認できたら、予定日に入院の予約をお取りしましょう、と。

その二回目の検診の日だった。今日こそあなたに会えるわね――ヘレナは、いまはまだ平らな腹を撫で、心の中で語りかけた。そうしたら、あなたのお父さんにも伝えなくっちゃ。今日の夜、帰ってくるのよ。

コンサートツアー中のMは、この二週間あまり、家を空けている。ヘレナは妊娠のことを、まだ彼に伝えていなかった。

こんなに素晴らしい出来事を、メールや電話で伝えるのは味気ない。顔を見て、その目を見てきちんと伝えたかったのだ。彼女は身支度を済ませると、うきうきしながら病院へ向かった。

しかしその夜、久しぶりに帰宅したMが見たのは、広いダブルベッドの上で泣きじゃくる妻の姿だった。

なぜ妻が泣いているのか、心当たりはなかっただろう。けれど、彼は何も言わず、涙であらかた化粧を落としてしまった彼女を抱き寄せた。そして、どうしたんだい、優しくそう聞いた。

やはり彼は完璧で、申し分のない夫だった。だから、彼女は悲しみをそのまま、彼に伝えた。

『私、流産してしまったの』

夫の胸に顔を埋め、彼女は小さな悲鳴のような声を上げた。

『先週、検査薬が陽性になって、でも今日病院に行ったら、胎嚢《たいのう》が育ってなくて、心音も聞こえなくって――』

『妊娠?』

『ええ、あなたを驚かせようと思って、黙っていたの。けど、だめだったのよ。私のお腹に、赤ちゃんはもういないの』

そう言って、ヘレナは彼の顔を見上げた。

彼女自身、それはそうしてから初めて気づいたことだったが、人は自分でも無意識に、そこにあるべき表情を期待するものである。

とはいっても、何も特別なことではない。喜びには喜び、悲しみには悲しみ、ただそれだけのことである。

ヘレナが優しい夫に期待したのも、そんな平凡なものであった。それなのに、見上げた彼の顔に浮かんでいたものは、彼女の期待とはまるで別のものだった。

彼女の目には涙が溢れ、その視界はゆがんでいた。だから、初めはそのせいで夫の顔が奇妙に見えるのだと思った。けれど、それはどうやら違うようだった。

うかがうような妻の視線に気づき、すぐに彼は表情を変えた。彼女と同じ、悲しみの仮面を被《かぶ》ってみせた。しかし、その一瞬の表情は、ヘレナの心に焼きついた。それは完璧な夫に浮かび上がった、不気味で恐ろしい染みだった。

彼女が夫に見たもの、それは安堵《あんど》の表情だった。その表情を見て、彼女は夫の気持ちを手に取るように理解した。つまり――

『子供は、いなくたっていい』

心のうちを悟られたと知った彼は、ひどく弱々しくつぶやいた。

『君と、僕が二人でいられたら、それ以外は何も望まない』

『……どうして？　なぜ、そんなことを言うの？』

涙を忘れ、そう聞いたが、彼は口を閉ざしている。彼女は混乱した。

彼は恵まれない子供たちのために、チャリティーを開き、莫大な寄付をしている。親がない子供に施設をつくり、食料を届けている。

それは、子供好きな人間の優しい行動だ。世界はその愛に感動していた。それなのに、彼は二人の子供は欲しくないのだという。そんなことがあるだろうか。

黙りこくった彼の代わりに、考えつく限りの答えを彼女は問うた。

それは、世界中で可哀相な子供たちを見たからなの？　自分たちで子供を産むよりも、施設の子を引き取って幸せにしてあげたいからなの？　それとも一体どうして、なぜ――？

そのときは、結局彼女が彼の本心を言い当てることはできなかった。

『もしもこのことで……万が一、君が望むなら、離婚をしてもいい』

彼は、うめくように言った。

『けれど、僕は君を愛している。愛しているんだ。その気持ちに嘘はないということだけは、理解してほしい』

しかし、そう言われても、彼の態度を知ってしまった以上、ヘレナはこれまでと同じに過ごすことはできなかった。かといって、愛する彼から離れることもできない。

葛藤は続き、その間も子供の問題は徐々にヘレナの中で膨らんでいった。

彼はどうして子供を拒否するのだろう、彼女はその理由を知りたいと思い、同時にその秘密を知ることを恐れもした。

彼の秘密がさらけ出されたとき、二人を固く結んでいた運命の糸は、儚くも解《と》けてしまうだろうという予感があった。そして、現実はその予感のとおりとなって、彼女の前に立ちはだかった。

胸がうずくような記憶から目をそらし、ヘレナは機内に用意された新聞や雑誌を、手当たり次第につかみ取った。引きちぎるような勢いで、ページをめくる。そうして目に飛び込んできた内容は、彼に関するものばかりだった。

彼は死んだ。

その彼の死を、世界中にいる友人やマネージャー、制作に関わったプロデューサーといった、そうそうたる顔ぶれが語り、嘆いている。その中に自分の名がないことに苛立ちながら、彼女はむさぼるように記事を読んだ。

ブラッドラインでの彼の死、彼を殺したテロリストの銃弾、そして、アメリカ政府は彼の死を理由にテロリストへ攻勢をかけようとしている――そこまで読み進め、ヘレナは鼻で笑った。

世界平和に尽力した彼の死が、結果的に大きな争いを呼び込もうとしていることを、皮肉に感じずにはいられなかった。生前、彼が何を叫んでいたとしても、その死はすべてを消してしまうのだ。

さらに記事を読み進めると、彼が殺される場面の映った動画のこと、これから公開されるという遺言の話――そこへ突如として現れた「Mの代理人」という名に、ヘレナはおもむろに席を立つと、コックピットへ続く扉を開け放った。

「これは誰なの？」

突然の声に驚いた操縦士が、ぎょっとしたように振り向いた。

「ミズ・エインズワース、そこを開けては――」

「ミス、よ」

「ミ、ミス・エインズワース、その扉を開けられては困ります。すぐにお席に戻って――」

「そうじゃなくて、質問に答えなさい。一体この人は誰なの、と聞いているの」

「ええと、この人、とは……」

引く様子のないヘレナに、渋々操縦士が聞き返す。彼女は苛立って、

「だから、Mの代理人よ。誰が彼の死を利用して、こんな茶番を始めたわけ？　私の許可も得ずに」

操縦士は何度か目をまたたいた。それから、彼女の機嫌をうかがうように、控えめに言った。

「その……世間ではあなたのことだと言っていますよ、ミス・エインズワース。何し

ろ、彼が亡くなったというのに、妻であったあなただけが、どのメディアにも出ていないわけですからね。けれど、それがあなたでないというのなら――」

ヘレナは、頭に何人かの彼の友人を思い浮かべた。何も彼女に頼らなくとも、信頼のおける友人など、彼にはごまんといるのだ。

そう思うと、張りつめていた怒りが、空気が抜けたようにへなへなと萎《しぼ》んでいくのを感じた。元妻という肩書きが、それほど意味のないものだと認めるのは、辛いことであった。

しかし、そんな彼女の様子に気づくことなく、この機会にとばかりに操縦士は続けた。

「いえ、あなたはその、M氏と離婚したのですから、こんなことを聞くのはどうかとも思っていたんですがね。私はもちろん、家族全員が彼の大ファンでして、その……、プライベートのM氏って、どんな方でしたか」

「プライベートの、彼？」

ええ、そうです――嬉しそうに答える操縦士に、ヘレナは口を開きかけ――しかし、それを飲み込むと、さっさと踵を返して席へ戻った。

思い切り腰を下ろすと、そのはずみで飲み込んだ言葉が胸につかえた。

離婚の際、彼は莫大な慰謝料を彼女に払った。

にもかかわらず、彼はそのプライベートや離婚の理由について、彼女がメディアに話すことを制限しなかった。だから、彼女はスーパースターのあれこれについて、望むままに話すことができる立場にあった。

けれど、彼女は離婚からいままでの間、それらを誰にも話さなかった。

思い出すのが嫌だったわけでも、話す機会がなかったわけでもない。むしろその反対に、世界中の人間がこぞって彼女の話を聞きたがったし、その話に途方もないギャラを提示する人間は後を絶たなかった。それでもやはり、彼女は無言を貫いた。

その理由を強いて挙げれば、ヘレナは自分の中から、彼の痕跡を消し去ってしまいたかったのかもしれない。そんな思いを裏付けるように、彼女は結婚指輪を排水溝に流し、受け取った慰謝料を、そっくりあの美しい南の島につぎ込んだ。

彼がおいしいと言ったグリーンピース・パイも、もう作ることはなかった。思えば、二人の出会いとなったその料理は、別れのきっかけにもなったのだった。


例の子供の問題が起きたあと、ぎこちなくも、まだ二人を絹糸のように細い愛情がつなぎ止めていた、ある夜。ヘレナは田舎の母から届いた荷物を開けていた。

中に入っていたのは、手紙と写真と――それからビン詰めのグリーンピース。母が裏庭で採れたものを、水煮にして送ってくれたのだ。

『綺麗な色……』

彼女は思わずつぶやいた。

夫の心を見失ったあの日から、ヘレナはグリーンピース・パイを作っていなかった。二人の愛の印を、その愛に迷いのある心で作りたくなかったのだ。

けれど、その透明なビンの中に詰められたグリーンピースは色鮮やかで美しく、エメラルドのような輝きを放っていた。

『久しぶりに作ってみようかしら……』

ヘレナは固く締まった蓋を開け、スプーンでそっと、その愛らしい粒をすくった。丸い粒はころころと銀の上で転がり、何とも言えない、新鮮な匂いが立ち上る。

彼女は幼いころ、裏庭で母親とグリーンピースを収穫したときのことを懐かしく振り返った。膨らんで弾けそうな鞘《さや》を割り、宝石のようなそれを取り出したときの喜び。思い出が鮮明に脳裏をよぎる。と、そのときヘレナは、あることを思いつき、はっとした。それから、背筋が薄ら寒くなるような感覚を覚えた。

それは単純な思いつきだった。しかし、それだけに恐ろしい思いつきとも言えた。

『どうしたんだい？』

ややあって、キッチンへ姿を現した夫が、黙ってグリーンピースを見つめるヘレナの肩を抱いた。

『君の故郷の味だね。おいしそうだ』

その瞬間、胸の中で何かが弾けた。彼女は自分でもよくわからないままに、激しく彼の手をはねのけた。その拍子にビンが倒れ、緑の粒が白いテーブルに散らばる。それをかまわず、彼女は叫んだ。

『あなたが子供を欲しくない理由は――』

言ってはいけない、と頭の中で声がした。これは彼の苦しい秘密で、口にしたら最後、この幸せな結婚生活は終わってしまうだろう、と。けれど、それがわかっていてもなお、一度飛び出した言葉を止めることはできなかった。

『子供が欲しくないのは、あなたが――いいえ、あなたのお母様が――』

さすがにその先が彼女の口から出ることはなかった。自分が言い出したにもかかわらず、ヘレナは祈るように夫を見つめていた。どうか、自分のこの言葉を否定してほしい――心はそんな思いで破裂しそうだった。

しかし、夫は――完璧な世界のスター、Mは、黙って彼女を見つめ返した。その悲しげな眼差しで、ヘレナは自分の言葉が正しいことを知った。声もなく、彼女はその場に泣き伏した。

　――それは遠い遠い幼い日、母親と収穫していたときのことだった。そのグリーンピースに、丸い粒と、皺《しわ》の粒があることに、彼女はふと気がついた。

　どうして丸と皺があるの――そう尋ねる小さな娘に、母親はさもおかしそうに笑った。そして言った。

　ああ、私の可愛いヘレナ。お前と同じことに気がついた神父さんが、昔々にいたんだよ。その人はね、遺伝っていって――そうだね、わかりやすく言うと、親と子供は似るってことを、初めて発見したんだよ。

　優しく教えてくれた母に、あのとき少女だったヘレナは何と言ったのだろう。親子が似てるなんて、そんなの当たり前じゃない――そう言って、母の腕に抱きついたのか。そして、そんな無邪気な娘を、母は世界で一番大切なものに触れるように、そっと抱きしめたのか。

　ヘレナは目の前の夫を見つめた。ごちゃまぜの感情が喉元へこみ上げ、それが確固とした言葉になるまでの短い間、ぐるぐると色を変え続けた。

「白い黒人」である彼は、黒人の母親とは似ても似つかなかった。

　もちろん、彼らが本当の母子《おやこ》であることに間違いはない。それでも、その肌色の違いは、彼を混乱させ続けているのか。いや、きっとそうに違いない。だから、彼は子供が欲しくないと言ったのだ。

彼が恐れているのは、彼の中に流れる黒人の血だった。一見、白人である夫婦の間に生まれるかもしれない、黒い肌の子供だったのだ。


最低だわ――ようやく形を成した言葉が、ヘレナの口をついて出た。

――このレイシスト、偽善者！

一旦それがほとばしると、罵倒の言葉は尽きなかった。後から後から湧いて出た。ヘレナのお腹で育つことのなかった子供、その子以上に彼を傷つけなければ、自分の精神を保っていられないような気がした。

けれど、口では罵《ののし》りながらも、一方で彼女は解《わか》りすぎるほど彼の胸のうちを理解していた。彼はもちろん、本当にレイシスト――人種差別主義者であるはずがなかった。その行いは最低でもなかったし、偽善者という指摘は的外れもいいところだった。

なぜなら、彼は正しい意志を持ち、真っ直ぐに人を愛する心を歌ってきた。

「白い黒人」と、そう揶揄《やゆ》されることはあっても、そんな差別は間違いだと、世界中が手を取り合うべきだと、声高《こわだか》に叫んできた。何より、黒人の母親を愛していた。肌の色など関係なしに、世界中の誰をも分け隔てなく愛していた。

けれど――いくら正しく、理性に基づいた行動をしていようと、彼の中にはきっと、生まれながらに白人の彼女には理解することができない何かが存在するのだ。完璧な彼でさえ、決して乗り越えることのできない、恐ろしく困難な何かが。

あなたは最低よ――もはや、意味もわからなくなったその言葉を何度目かに喚《わめ》いたとき、ヘレナは彼の目から涙がこぼれ落ちるのを見た。

『……すまない』

彼は息継ぎをするかのように、一言だけ、そう言った。

叫び続けていたヘレナは、ようやく口を閉じた。まるで百メートル走でもしたように、息が荒かった。そうして初めて、彼の愛で満ちていたはずの自分の中身が、空っぽになってしまったことに気がついた。

彼女は椅子に座り込んだ。夫はその間も静かに涙を流し続けていた。

その夜が明け、朝が訪れたとき、二人は離婚を決めた。愛はガラス製ではないにしろ、一度割れてしまえば元に戻らないものであった。

『僕は、まだ彼女を愛しています』

離婚後、彼はマスコミ向けに、一言だけコメントを出した。

『けれど、僕は彼女を不幸にしてしまった。だから、離婚の責めは僕が負うべきです』

発言の真意が取りざたされる中、ヘレナは沈黙を守りとおした。

あの人は、表向きは善人のような顔をして、裏では黒人差別をしているのよ――時々、そんなふうに何もかもぶちまけてやりたい衝動に駆られることもあった。しかし、それもあの夜、彼が見せた涙を思うと、衝動はいともたやすく、すぼんでしまうのだった。

けれど、もう彼は死んでしまった。いまさら何を憚《はばか》ることがあるだろう。

ヘレナは過去の感情を押しやると、マネージャーへかける電話の内容を思いあぐねた。

手元の記事によれば、全世界で一斉に彼の遺言が放送されるという日まで、あと何日も残っていなかった。

彼とのプライベートが金となる、その最高値はまさにいまだろう。そろそろ心許《こころもと》なくなった貯金を、再び築き上げる絶好の機会が目の前に転がっている。彼女がすべきことは、単純だった。

彼女は、ただ彼について語れば良かった。そして、元夫の死に、どんなに自分が悲しんでいるか――。

と、記憶の中の夫を思い浮かべた瞬間、何か熱いものが、まなじりから滴り落ちた。涙だ。ヘレナはそれを見てあっけに取られたあと、その滑稽さに笑った。

　この涙を見て、世界は悲しみに暮れるだろう。彼女はたった一人、Mに愛された女として、そしてMを愛した女として、表舞台に返り咲くのだ。彼の親戚に交渉し、Mの生涯を描《えが》いた映画に出演するのも良いだろう。とにかく、この機会を利用すれば、残りの一生、何をしなくてもいいだけの財産が手に入るに違いない。

　金の算段に思いを巡らせると、心の痛みはどこかへ消えていた。

　残ったのは、カメラを向けられた瞬間、誰よりも美しく涙をこぼせるという自信に満ちた思いだけ。君は僕のフライヤだ――あのとき彼が囁《ささや》いた、愛をつかさどる女神のように、その横顔は毅然《きぜん》とした美しさに満ちていた。

最終章　ブラッドライン

近く、アメリカ軍がテロリストを狙い、大規模な空爆を行うらしい——そんな噂が、黄色い風の中を流れていた。その死の匂い漂う噂に、ひっそりとした暗闇の住人であったアリーの母は、重い腰を上げ、テ・ダク村を離れる決意をした。

すなわち、娘の胴体だけが埋まった土饅頭《つちまんじゅう》から離れ、アリーと赤ん坊とともに、遠い親戚を頼ることにしたのだ。

アメリカの爆弾がどこに落ちるかなど、誰も知る由もなかったが、その親戚の住む村はここよりもずっと田舎で、狙われる確率も少ないだろうと思われた。

「……ラジオ、つけてもいい？」

前を歩きはじめた母親に、アリーは聞いた。今日はいつもの政府の放送ではなく、あの不思議なアメリカ人——Mの遺言が、ラジオで流される日だった。

母親が無言でうなずくのを見て、少年は苦労しながらラジオのつまみを回した。母の両腕は、身の回りの荷物と赤ん坊を抱えるだけで精一杯だったため、ラジオと彼のサッカーボールは、彼の小さな腕の中にあったのだ。

砂が落ちていくような音が続き、それを辛抱強く待つと、しばらくして午前八時を知らせる時報が鳴った。

と同時に、Mの話すアメリカ語が聞こえた。ボールをもらったときの、その一度きりしか聞いたことのない声だというのに、なぜかとても懐かしい声だった。アメリカ語のあとに、アラルスタン語の通訳が流れた。

『――こんにちは、僕のいない世界』

ひゅう、と音を立てて風が舞った。おかしな挨拶だな、とアリーは思った。

あの青いだけの空の向こうから、そうでなければあの流れる雲の隙間から、死んだはずのMがひょいとこの世界を覗《のぞ》き、にっこりと笑っているような気持ちがした。

母も同じ思いでいるんじゃないかと、アリーはちらと顔を上げたが、しかし、その背中は何の感情も表していないようだった。

通訳が言葉を訳し終えると、声は再びMのものに変わり、淡々とアメリカ語を話しはじめる。今度は少し、長い言葉だ。理解の手がかりもないその言葉に、アリーはじっと耳を傾けた。

この黄色い砂地の何を目印としているのか、母親は赤ん坊を抱きしめ、黙々と道を歩き続けている。長い服の裾が生き物のようにはためき、砂に不明瞭な跡を残す。

決して後ろを振り向かなくとも、その雰囲気から、彼女の耳がMの言葉に傾けられていることを理解したアリーは、再びつまみを回し、ボリュームを大きくした。

『まず、いま僕の声を聞いてくれているすべての人に言おう、ありがとう。君たちのおかげで、僕は世界に声を届けることができる』

歩みを止めることなく、母親がふと空を見上げた。何の変哲もない霞んだ青。いつもと同じ青空が、足元の砂地と競うように広く、広く、どこまでも続いている。

そういえば、今日の空はやけに静かだった。まるで世界中の人々が、ラジオから聞こえるMの声に耳を澄ましているんじゃないか、そう思わせるくらいに。

『僕のいない世界は、どんな世界なんだろう』

Mのつぶやきは、その青い空に吸い込まれていくようだった。

『僕のいなくなった世界を、死んでしまった僕は見ることができない。当たり前だよね。でも、想像することはできるよ。僕の死に、世界中のたくさんの人たちが悲しみ、涙を流してくれたはずだ、ってね。同時に、そう思うことが自惚《うぬぼ》れなんかじゃないことを、僕はよく知っている。だって僕は毎日、世界中の皆からの愛を感じていたんだから』

僕のために祈ってほしい——その言葉どおりに祈ったことを、アリーは思い出した。その祈りは、そのまま彼への愛に繋がったのだろうか。彼が感じた愛には、アリーのそれも含まれていたのだろうか。

『僕は皆に愛されていた。僕の歌を聴いてくれた人、僕の言葉に共感してくれた人、僕の死に祈りを捧げてくれた人――それだけじゃない、きっと大統領は僕に弔辞さえ述べてくれたはずだ』

母の背を追うアリーを置いて、Mの声は茶目っ気たっぷりに、アメリカ合衆国大統領をファーストネームで呼んだ。

『――そうだろう、トム？』

呼ばれたバチェラー大統領は咳払いをし、首をすくめた。平静を装《よそお》ったつもりであったが、顔は赤かった。

それも無理はないだろう。スーパースターが遺《のこ》した、世界中に流れる遺言で、自身の名が呼ばれたのだ。誰だって悪い気はしないに違いない。

腕時計の針は、午後十一時過ぎを指していた。

ここは国防総省の軍事作戦室――かの9・11の損傷から改修された新しい一室である。楕円形の机を囲み、大統領以下、副大統領に国防省長官、国土安全保障長官、テロ対策担当官たちが揃っている。

それだけの面々が集まったのには重大な理由があったが、しかし、いまは口を開く者はいない。昨今のテロ活動の激しさに加え、Mがアラルスタンのテロ組織に殺されたという事実が追い風となり、作戦はすでに全会一致で決されたのだ。

つまり、アラルスタンのテロ拠点への、核弾頭搭載ミサイルの発射である。

歴史に残るであろう決断は下された。その決断は、一度はテロの卑劣な攻撃に屈したこの場所で下されるに、誠にふさわしいものであった。あとは作戦決行のとき——アメリカ時間の午前〇時、そのときを待つだけである。

まだ時間があるのなら、暇潰しにMの遺言とやらを聞こうじゃないか——そう言い出したのは当《とう》の大統領だった。

幸い、不謹慎だと言い出すような石頭はいなかった。さっそく、作戦室にはテレビ用モニターが持ち込まれた。皆、それぞれに興味があるらしく、じっとMの映る画面を見つめている。

『きっとあなたは僕のために、ネクタイの色を変えてくれたね？　黒……じゃなくて、あなたの目に似合う、薄いグリーンだ』

どう、当たったかな——ウインクしてみせるMに、皆の口元も思わず緩んだ。笑顔などほとんど見せたことのない国土安全保障長官までが、口角を上げている。

「さすが、何でもお見通しですな」

バチェラーも笑顔で薄い頭に手をやり、それにしても、と独りごちた。世界的なスターともなると、万が一、自分が死んだときのことを考えて、こんなものまで用意しておかなければならないものか。

それにしても、このとき彼は自分がどんな死に方をすると考えていたのだろう。まさか、こんなややこしい騒ぎになるとは思ってもいなかっただろうな——微笑みを浮かべたまま、バチェラーは考える。

しかし、次にMの口から発せられた言葉は、そんな彼の考えを裏切るものだった。

『トム。僕は、あなたに辛い質問をしなくちゃならない。どうか嘘をつかずに教えてほしい』

一呼吸置いて、Mは言った。

『僕を殺した銃弾は、どこの国のものだっただろうか』

——それは戦場で使われることがない9ミリ弾であった。けれど、そのアメリカにとって都合の悪い鑑定結果は、闇に葬ったはずだ。まず、バチェラーの脳裏をよぎったのは、その事実を自らに確認するような思いだった。

それから数秒おいて、気がついた。

いいや、僕を殺した銃弾？

顔を上げると、卓についた全員の視線がバチェラーに向けられていた。彼は慌てて、

「いや、銃弾の鑑定結果に間違いはない。あれは、あの銃弾はアラルスタンのもので──」

『──銃弾はアラルスタンのものであった、アメリカ大統領はそう言っただろう』

画面の中のMの声が、まるで図ったようにバチェラーのものと重なった。気まずい沈黙が作戦室を支配した。

こいつは死んだはずだ──バチェラーの額を汗が伝った。

Mの死、それはたしかだ。遺族も確認したし、歯の治療痕も照合し、念のためDNA検査すらしたのだ。それなのに、なぜ彼は生前撮ったビデオで、バチェラーの言葉を言い当てることができたのか。

「大統領、まさか……」

「私が鑑定結果を改竄《かいざん》したとでも？」

国防長官が何か言いかけるのを、バチェラーは遮った。

「いいえ、そこまでは言っていませんが……」

「死んだ男の言うことを真に受けるのか、アッカー国防長官──」

しかし、その威厳あるバチェラーの言葉は、次の瞬間、あまりに脆く砕け散った。

『これを見て』

一瞬、天地が逆さになり、映像が乱れた。Mが目の前のカメラをつかみ、自分の足元を映したのだ。あっ、と誰かが声を上げた。頭の回転の速い者は、すぐにその意味に気づき、そうでない者もただならぬ予感に息をのんだ。

画面に映し出されたのは、地面の黒い染み——黄色い砂地に延々と続くブラッドラインだった。

「これはまずいぞ……」

誰かのつぶやきが、作戦室に小さく漏れた。


ピンク色の端末越しに、本物のMが語りかけてくる。

リーリヤはその画面を、涙を流しながら見つめていた。インターネット上にリアルタイムで配信されている動画、その右側にゆっくりと流れていくコメントは、いまこの瞬間、この映像を見ている人たちの感想だ。

多くはMを懐かしみ、追悼の意を表すもので、リーリヤも「M、あなたにもう一度会いたい」と一言、祈るようなコメントを投稿していた。

けれど、カメラの視界からMが消え、一瞬、地面が映し出された、そのときだった。緩やかなコメントの流れに、わっと加速度がついた。

「え、なに？」

リーリヤはたじろいだ。

ただ悲しみの中にいた彼女は、地面が映された理由も、それを見た人たちの反応も理解できなかった。だから、その瞬間映ったものがブラッドラインであることを知ったのは、流れの落ち着いたコメントを拾い読みしたあとだった。

――ブラッドライン。

Mが死んだ地だ。それはわかったが、ともに書かれた「計画だ」とか「騙されてた」というコメントの意味は、まったく見当がつかなかった。Mがブラッドラインに立っている――それはわかった。しかし、その事実は何を意味するのだろう。

幼い彼女の思いをよそに、Mは端末越しに、けれど真っ直ぐにリーリヤを見つめた。

『一つ、教えてほしいことがあるんだ』

その視線とは裏腹に、口調はごく軽かった。

『世界中が愛してくれた僕が死んで――世界は何か変わっただろうか。平和を願った僕のために、世界は少しでも平和のほうへ、傾いてくれただろうか』

刹那《せつな》、リーリヤの小さな胸はずきりと痛んだ。

それは、いま初めて感じる痛みではなかった。父親の勤める会社が銃を作っているという事実を知ってから、長く続いている痛みである。

あの日のマルカの指摘どおり、彼女の父親は人殺しの道具を売ることで、報酬を得ていた。知らなかったこととはいえ、彼女はその金で生活していた。学園の高い学費も、日々のおいしい食事も、父親からのプレゼントも、すべてがその金で支払われていた。一度それを知ってしまうと、この家のすべてが汚《けが》らわしく思えた。

高価なブランドバッグも、テレビも、端末も、柔らかなクッションも、彼女の体には大きすぎるキングサイズのベッドも、そのすべてが嫌で、何より彼女はその元凶である父親を嫌った。

あれから彼女は、一度も父親と口をきいていなかった。それどころか、視線を合わせることすら拒否していたのだ。

「……リーリヤ、今日も学校はお休みかい？」

彼女の機嫌を損ねないよう慎重に、その父親がドアの隙間から声をかけた。

「……違う」

ずいぶん久しぶりに、リーリヤは彼の言葉に反応した。ようやく機嫌が直ったのだろうか、そう思った父親は、ドアの隙間をほんの少し広げ、部屋を覗《のぞ》き込んだ。そして、いつものように猫なで声を出した。

「違うって、じゃあどうしたんだい？　何か欲しいものでも見つけたかな？　それならさっそく、会社の帰りに買って……」

「違うの、そうじゃないの！」

リーリヤは声を荒らげ、Mの映る画面を彼に向けた。

『――教えてほしい。戦争は終わった？　争いはなくなった？　知らん顔して武器を輸出し続ける国は、その武器で理不尽に命を奪われる人たちはいなくなった？　平和っていうのは、そういうことだろう？　戦争や紛争に怯《おび》えることのない世界――』

その言葉を聞き、父親は眉をひそめた。

「難しい話を聞いているんだね、リーリヤ。でも、これがどうしたって――」

「お父さんの会社は武器を作って売ってる、そうでしょう？」

目の縁を赤くして、リーリヤが父を見上げる。その眼差しに、父親は素直に驚いた。彼女は母親に似て、何かと我《わ》が儘《まま》な娘だった。その娘が、今度は何が気に食わなくてだんまりを続けているのかと思ったら、世界平和など、まさかそんなことを考えていたとは。

彼は緩む頬を押さえ、彼女の隣に腰かけた。そうして、自分を見つめる青い瞳を愛おしむように、頭を優しく撫でた。

「ああ。うちの会社は、たしかに武器も作っている。しかしね、リーリヤ。父さんは、いまは会社全体を見る役員だし、そうなる前も人事部といって、雇用を管理する仕事をしていたんだ。だから、お前が思うような武器なんて作ったことがない――」

「でもお父さんがもらっているお金は、武器を売ったお金よ、そうでしょ？」

涙を流し、リーリヤは訴えた。

「そんなのって最低だわ。お父さんの会社が作った銃が人を殺すなら、お父さんだって人殺しよ！　もちろん、人を殺したお金で生活してるあたしだって、おんなじ人殺しなんだわ！　でも、お願い、お父さん。あたしは人殺しなんかしたくない。だからそんな会社、やめてちょうだい」

「おやおや、そんなことを言ってはいけないよ、リーリヤ」

父親は、たしなめるように人差し指を立てた。

「お父さんはお前との生活を守るために、毎日一生懸命働いているんだ。いいかい、お前のためだ。それに、武器を作っている会社というのなら、他にも数え切れないほどたくさんあるし、うちの会社だって何千人もの従業員がいる。お父さん一人がやめて済む話じゃないんだ。それに――」

この小さな娘に理解できるだろうかと、父親は言葉を選ぶように続けた。

「少し難しいけど……民生転用という言葉を知っているかい？　軍事技術は、何も戦争のためだけじゃない。暮らしを豊かにするのにも一役買っているんだ。例えば、缶詰の技術が生まれたきっかけは戦争だったって知ってたかな。それから、お前のこの端末だって――」

「あたしはそんなこと言ってるんじゃない！」

張り裂けそうな胸を押さえて、リーリヤは叫んだ。

「そうじゃないのに、どうしてわかってくれないの！」

戦争から生まれたと指摘された端末を放り出し、リーリヤは泣き崩れた。まるで聞き分けのない幼児のように泣き伏した娘を、父親は困り切った顔でじっと見つめた。

この年頃の女の子は難しく、男親の手には少々余った。けれど——父は無意識に微笑み、泣き続ける娘をそっと抱き寄せた。

その時代を過ぎた者にとって、思春期の正義感は、まるで光そのもののように眩《まぶ》しかった。けれど、思春期はいつか終わる。皆、そうやって大人になっていくのだ。

だから、いまはそれでいい——父はそうつぶやいた。すると、その小さな声が届いたかのように、放り出された画面の中のMは言った。

『わかってる。僕の言っていることは綺麗事だ。残念なことに、戦争は僕たちの生活に根を張り巡らせていて、そこから逃れることは誰にもできない。どんなに関係ないと思っていても、君だって戦争の一端を担《にな》っているんだ』

そして、寂しそうに微笑んだ。

『もちろん、この僕だって』

先進国。そう呼ばれる国の人々は、何も特別な生活をしていなくても、生きているというそれだけで、戦争の一端を担っているに等しい――。Mの意見に、ウマルもまた同じ考えを持っていた。

なぜなら、彼はこの黄色い砂地の生活だけでなく、世界一の大国、アメリカの日常を知っていた。アメリカには、ありとあらゆるすべてが溢れていた。

道行く人間は豚のように太り、食べ物はゴミ箱を満たし、日用品は一度きりの使い捨て、壊れれば躊躇《ちゅうちょ》なく買い換える電化製品に、毎月新しいデザインの出る自動車。

この素晴らしき消費社会。

彼らの、この便利で豊かな生活を支えるには犠牲がいる。その光景を一目見れば、そんなことは明白だった。

それは例えば、貧しい国の人々が少ない賃金で彼らのための食料を作ること。また、なくなっても誰が飢えるわけでもない嗜好品を作ること。洋服を縫製すること。性を売ること。ダイヤモンドを掘り出すこと。

そして例えば、この黄色い砂地に埋蔵されている石油を得るため、そこに住む人々を殺し、パイプラインを建設すること――。

『その豊かさが、誰かの犠牲の上に成立しているだなんて、アメリカに生まれた僕は考えたことすらなかった。だから、世界のスターと呼ばれる立場になったとき、僕は臆面もなくこう考えた――世界中に歌を届けられる僕ならば、世界を平和に導けるはずだ、ってね』

ローマ法王さえ成し遂げていない偉業だ、自嘲気味にMが笑う。ウマルは足元に転がったアメリカ兵をちらと見た。

彼は見る影もなくやつれていた。

その瞳はうつろで生気がなく、わざわざ彼に聞かせるために持ってきたラジオの音も、その耳には入っていないようだ。死なない程度の食事は与えているから、尽きたのは気力であろう。

仲間が来て必ずお前たちを殺す――彼がそう喚いていたのは、たった四週間前だというのに。いまはもう何を言っても――その脇腹を蹴飛ばしてさえ、彼は拷問の傷をかばいもせず、死体のように横たわっている。

バチェラー大統領の宣言どおり、アメリカは一軍人――ケネスの命で動くことはなかった。

テ・ダク村の外れに位置するこの地下アジトを、彼のお仲間とやらはいっこうに嗅ぎつける様子はない。それなら何をしているのかと言えば、いまだ「調査」と称しては、女子供しかいない村々を襲い、虐殺を続けている。

つまり、ウマルがケネスを捕らえたことは、何の意味もなかったのだ。彼は見捨てられ、人質としての価値は無に等しい。

けれど、それでもウマルは絶望などしていなかった。いま、ウマルの手には冷たい銃が握られていた。ケネスの命に価値がないというのなら、その銃を使い、彼を始末するだけだった。

ケネスの命は、ヤウームが世界にその主張を届けるための一手段にすぎなかった。ウマルがよく選択する他の手段——爆弾テロも、その意味では同じである。人の命を、主張を届けるための一手段と言い切る彼は、果たして、とんでもなく冷血であろうか。

けれど、ウマルの国を、人間を、アメリカはあまりにもひどく壊した。そのせいで、彼はもう壊れることへの恐怖も、壊すことへの慈悲もなくしてしまったのだ。

さらに言うなれば、ヤウームの行うテロも、アメリカが仕掛ける戦争も、人を殺すという点においては同等だった。テロは無差別で、戦争は悪しか滅ぼさないと言うのなら、それは戦争に夢を持った人間の戯言《ざれごと》である。

世界はあまりに大きく、力ない者の主張には誰も耳を貸さなかった。

こちらがテロで殺せるのは、せいぜい何十人だというのに、彼らが殺す人間の数は数千、数万、数十万と、桁違いに多い。だというのに、彼らはヤウームを悪と呼ぶ。

——それが力の強弱というものだ。

強い者の主張にしか、世界は耳を傾けない。彼らのための「世界」しか、この世界には存在しないことになっているのだ。

しかし、少なくともMという男は違った。

ウマルは、まだ自分が表舞台に立っていたころ――貿易会社の役員としてMと知り合った時代を思い出した。

あのとき彼の目は、すでに本物の世界を見つめていたように思う。ウマルの故郷、このアラルスタンをも地図に記した、本物の世界を。

『法王さえ実現していない世界をつくるため、僕は思いつく限りのことをした。平和の歌を歌い、世界中を回って慈善活動をした。学校のない土地には学校を建て、水のない土地には井戸を掘った。平和のためなら多額の寄付も惜しまなかったし、楽曲の放送権も譲った』

一語一語ゆっくりと、Mは言った。

『けれど、それでも世界は争い続けた』

足元のケネスがひくりと動き、瞬時に、ウマルは銃を向ける。しかし、筋肉が痙攣したようなその動作以上に彼が動くことはなく、定められた銃口は再び地面を向く。

『どうしてなんだ、僕は憤った。ここまでしても争いを続ける人を憎み、攻撃的になった。何をしても変わらないなら、慈善活動なんてやめてしまおうかとも思った。へレナと出会ったのは、そんなときだった――』

肌の色を隠すような薄闇の中で、ウマルは小さく息をついた。

何十年も肌身離さず身につけているにもかかわらず、手の中の銃は冷たく、いつまでも彼の体温に馴染むことを拒否しているようだった。

『彼女とのことは、僕よりもゴシップ誌のほうが遥かに詳しいはずだ。僕たちは出会ってすぐに結婚し、そして——すぐに別れた。それだけのことだけれど……』

モニターに映ったMが、歯切れ悪く言うのを、ヌールはうんざりしながら眺めていた。

まったく、このアメリカ人は何を言いはじめたのだろう。

この遺言がブラッドラインで撮影されたものだとわかったときには、局内はどよめいたが、それ以降、彼はその件に触れる様子を見せない。それどころか、話は脱線に脱線を重ね、いまは、元妻との離婚話に突入しようとしている。

世界中に流す遺言に、離婚のごたごたを弁明するつもりなのだろうか。近しい友人のそれですら気が滅入るものなのに。ゴシップに興味がないヌールにしてみれば、的を射ない上司の説教よりも退屈なものだった。

『彼女と結婚して、気づいたんだ——』

その元妻とやらに配慮してなのか何なのか、歯にものがはさまったような言い方で、彼は続けた。

『僕は、世界を変えたいだなんて、大それたことを言える人間じゃなかった。僕にはコンプレックスと呼ぶべきものがあって、それは乗り越えられないまでも、向き合っていける、そう思っていた。けれど、結婚して、はじめて気づいたんだ。僕はそれを受け入れることができなかったんだって。そして、そんな自分に愕然とした――』

まったくもって、つかみどころのない話だった。いままで気づかなかったけれど、結婚生活で発見した、自分のコンプレックス？　で、そのために、彼は妻と離婚した？

それで？　と聞き返せるならば聞き返したいような話である。

まったく、この映像がもっと早く届いていれば――ヌールは周りに気づかれぬよう、ため息をついた。事前に内容がチェックできれば、冗長な離婚話など聞かずに済んだのだ。もちろん、放映するかしないかは局長判断で、ヌールのような下っ端ができるわけもなかったが。

『とにかく――その内容はどうにしろ、僕らは言い争い、傷つけ合った。一度はあんなに愛し合った二人が、別れを決意するまでにね。そうして……彼女と別れ、苦しみ続けていたある日、僕は気がついたんだ』

そのとき、ふと、サングラスの向こうの瞳に光が宿った――ように見えた。

『愛した人とも許し合えないのなら、世界が平和にならないのも当然だ、って。そうだろう？　そう思わないか？　僕たちは隣人はおろか、一生をともにすると誓った相手さえも、愛することができないんだ』

そして、矢継ぎ早に続けた。

『と言うと、個人の争いと戦争は違うって、反論する人もいるかもしれない。けれど、少し考えてみてほしい。一つの国があるとする。国民は皆、家族や隣人と争うことなく暮らしている。互いに相容《あいい》れないことがあっても、認め合い、許し合うのが当然だと考えている。そんな国の王様が、ある日「隣の国と戦争をしたい」と言う。果たして、その国は戦争するだろうか』

戦争をしたい――いくらそう言っても、王様一人で戦うことはできない。戦争には兵隊が必要だし、そのためには国民の理解が不可欠だ。それに何より、争うことをよしとしない国民が、彼の頭の王冠をそのままにしておくだろうか。

Mは言った。

『僕たちの国は――先進国と呼ばれる国は大抵、民主主義だ。多数決の論理で動いていると言っていい。ということは――つまり、戦争を決断するのは王様じゃない。だから、もし、あなたの国が戦争をしているのなら、それはあなたたちのほとんどが戦争を望んでいるからなんだ』

戦争を望んでいる？　そんなの、冗談じゃないわ――あまりの暴言に、ヌールはこぶしを握った。

ラザン独立国は民主主義の国だった。同時に、戦争の最中にある国だった。しかし、彼女は戦争を望んでいなかった。彼女の知り合いにも、争いを好む人間など一人もいない。

ラザンが戦争状態なのは、ただ隣国がアラルスタンであるという不幸のためだった。彼女たちはテロに苦しむ被害者だ。それは決して民主主義の結果ではなかった。

怒りのあまり、ヌールが奥歯を噛み締めたときだった。Mがふと歌を口ずさんだ。聞き覚えのあるメロディに、隣に座る同僚が重ねて口ずさんだ。

それは、エンドレスという曲だった。無料であるがために放送されすぎて、歌に興味のないヌールですら覚えてしまった、あの曲。

『憎しみの始まりを　君は知らない　それなのに　渡されたそれを　君は次の人へと手渡していく――』

そのどこか懐かしいようなメロディは、ヌールの脳裏に、あの日、飛行機から見渡したブラッドラインを浮かび上がらせた。

あのときの、何かが体の奥底から沸き上がってくるような感覚。そして、あのときの声――かつてここに私たちの血は流れたのだ――そう訴える祖先の声が、強く耳によみがえった。

いや、これは違う。

頭の中の声と、Mの歌を結びつけることを、ヌールは瞬時に拒否し、かぶりを振った。

彼女は、争いを望んでいなかった。けれど、同時に彼女は強く望んでいた。先祖を殺し、その血で国境を引いたアラルスタンが滅びることを――。

いけない――ヌールは半ば本能的に思ったが、時はすでに遅かった。露《あらわ》になった本心は、彼女にその胸の真実を教えた。

彼女は、争いを望まないのではなかった。彼女が望まないのは、同胞の死であり、故郷の争乱であった。そして、その思いは、歓迎すべきものとしての隣国の人々の死と、表裏一体であったのだ。

呆然とするヌールの背後で、頑丈な金属扉がそっと開かれた。

扉から入ってきたのは、入館証を首にさげ、重たそうな荷物を抱えた女性だ。誰もが映像に集中するスタジオで、ヌールだけがその音に気づき、惚《ほう》けたように振り向いた。

『――その日、僕は初めて自分に失望した。豊かな国に生まれ、戦争の一端を担う自分に。またそれ以上に、多くを考えないまま、争いを選択してきた自分に。僕にできることなんて何もないのかもしれない、そんなことを思いはじめた』

工場の休憩室に置かれたテレビの中で、Mは穏やかに話し続けていた。

『この世界には、何十億という人間が暮らしている。その一人一人が家族や、隣人や、友人と傷つけ合わずに、お互いを尊重し合って生きることは可能だろうか――。僕は考えた。それは気の遠くなるような考えだった。考え続けるうちに、僕の存在は本当にちっぽけなものなんだということを理解した』

「奥山さん、この人の言うことぉ、よくわかんないんすけどぉ。だって戦争とかぁ、日本はいま、戦争してないじゃないですかぁ」

若い同僚たちが、にやにや笑いを浮かべながら茶々を入れる。しかし、Mの言葉に聞き入る一彦の耳に、そんな雑音は入らなかった。

一彦はいま、長らく閉じていた目が開けた思いだった。

平和というものを、これほど身近に感じたことはなかった。Mの言葉は、彼の骨の髄まで届いていた。

すなわち、家族を愛さずして、遠い国の誰かを愛せるだろうか。自分の殻にこもりきりでいて、誰が自分を愛するだろうか。否、そんなことがあるはずないのだ。

彼は、死の間際に演歌歌手の名を呼んだ母を思った。日常のことすら学ぼうとしない彼女は、とても愚かな人間だった。

彼はまた、そんな母に暴力を振るった父を思った。弱い者に当たり散らすことしかできない彼もまた、とても愚かな人間だった。

けれど、それなら——一彦は、今度は自身を振り返った。

俺はそんなに立派な人間だっただろうか。父を許さず、年老いた母の願いも聞かず、自分自身の思いすら——自らの志さえ曲げた、この俺は。

「おい、とっくに休憩は終わってるぞ」

そのとき、怒りを含んだ声が聞こえ、無遠慮に休憩室のドアが開け放たれた。工場長だ、やべぇ、と小さくつぶやきながら、同僚たちがぞろぞろと出ていく。しかし一彦は一人、テレビを見つめたまま、立ち上がろうとはしなかった。

最近、代替わりした若い工場長は、一彦を見て、これ見よがしにため息をついた。

「奥山さんも早く業務に戻ってください」

「いや、俺は戻らない」

一彦は即答した。

Mの遺言はまだ続いている。いまこのときに彼の言葉を胸に刻まずしてなんとするのだ――使命にも似た思いが彼の胸を焦がしていた。

「一時間も二時間も続くわけじゃない。あとほんの少しだ。それくらい、いいだろう」

「あのねえ……」

工場長は苛立ったように頭を掻いた。

「それを決めるのは、奥山さんじゃなくって、オレなんすよ。オレがここ仕切ってるんですから」

「それがどうした」

一彦は、振り向きすらせずに言った。

「この放送が終わるまで、俺はここを動かない。表立ってわからないだけで、日本も戦争に加担しているんだ。俺たちは、いまこそ世界のことを考えなきゃいけないんだ」

するとと、工場長はあからさまに一彦を馬鹿にするような顔をした。そして冷たく言った。

「いままで、オレが奥山さんの行動に目をつぶってきたのは、親父の顔を立てたからです。けど、その親父も死んだ。オレはあんたをクビにもできるんですよ」

「……そんな脅しには屈しない」

視線を動かさず、一彦は言った。テレビではMが、自らが癌であったことを告白したところだった。

『それも、治る見込みのない末期癌だったんだ。ここまで話せば、もう気づいた人もいるだろう――』

Mが笑う。ほんの少し上がった口角が、年相応の皺を作る。一彦の胸がじくりと痛んだ。

なぜ彼がブラッドラインに立っているのか、もはやその理由は明らかだった。彼は、一彦のように諦めたりしなかった。最後のその瞬間まで、世界に貢献しようと考えていたのだ。

そんな彼の覚悟に比べれば、工場長に逆らい、職を失うことなど何でもなかった。

一彦はぐっと全身に力を込めた。

「何度言っても無駄だ。俺はここを動かない。誰にも、俺の志は曲げさせない」

「志って……たかがテレビを見ることでクビにされてもいいって言うんですか?」

工場長が笑う。

「たかがテレビじゃない!」

一彦の声は、思わず大きくなった。

「いいか、一生を平和に捧げたMの言葉だぞ。何をおいても耳を傾けるべきものだ。

君も、それからここで働いている皆も――」

「奥山さん、あんた、何を言って……」

「そうだ、皆が見るべきなんだ」

「わっ」

ドアを塞ぐように立っていた工場長を押しのけ、一彦は作業場に向かって走った。途中からでも、いまはその意味がわからなくても、一人でも多くの人に、彼の言葉を聞かせなければならない。Mの言葉にはその価値がある。人間が生きていくうえで、何よりも大切な言葉がここにある。

駆けながら、一彦は初めて素直に意志に従い行動している己を知った。何やら叫びながら、工場長が追いかけてくる。その声をどこか遠くに聞きながら、一彦は抑圧されていた喜びが体中を駆け巡るのを感じていた。

一彦と工場長がいなくなり、空っぽになった休憩室では、そのテレビ画面に映ったMが、まるでそこに誰もいないことを知っているかのように、小さな声でつぶやいた。

『だから――僕の死は自殺だ。僕はいまから、このブラッドラインで自殺する』


元夫の告白に、ヘレナは全身の血の気が引いていくのを感じていた。

ナの肩を抱いた。

「大丈夫よ」

彼女の味方であることを誇示するように、この番組のホスト役、ジョアンナがヘレナの肩を抱いた。

Mの遺言が世界中で生放送されるという事態に、アメリカのみならず、各国の番組がヘレナをスタジオに呼びたがったが、彼女は結局、元ルームメイトの番組を選んだ。ジョアンナズ・ショウである。

計算高い彼女が旧友の番組に出演したのは、決して友情を重んじたからではない。単純に、ジョアンナズ・ショウが一番高いギャラを提示したからである。

そうはいっても、彼女はそのギャラに見合う仕事はしているつもりだった。Mがヘレナの名を出したときには、一言一句聞き逃さぬよう息を潜めたし、癌だったという告白には涙を流してみせた。

けれど、彼の口から自殺という言葉が飛び出した途端、その涙は引っ込んでしまった。代わりに、ひどいめまいが彼女を襲った。

それでも、カメラ映りを気にし、気をたしかに保とうと努力する彼女に、Mは茶目っ気たっぷりに続けた。

『そう、だから、この事件はすべて、僕が仕組んだことなんだ。もちろん、君たちが探しているだろう、Mの代理人の正体も僕だ。何？　僕は死んでるから、できるはずがないって？　スーパースターをなめてもらっちゃ困るな。スターっていうやつは何だってできるんだ、そうだろ？』

憎らしいほど落ち着いた様子で、彼が言う。ヘレナはジョアンナに支えられたまま、それを唖然と見つめた。

自殺？　事件を仕組んだ？　それは一体、何のために？　何のために、彼はこんなにも世界中を騒がせたのだ？

『それなら、僕がなぜこの事件を仕組んだのか』

ヘレナの動揺が収まるのも待たず、Mは続けた。ごく軽い調子だった。

『僕は、押すに押されぬ世界のスーパースターだった。そんな僕が、この紛争地帯――ブラッドラインで射殺されるんだ。皆は悲しみ、やはり争うのは良くない、戦争はやめよう、そんな議論が巻き起こるんじゃないだろうか。そして、世界が一つになり、平和へと向かうんじゃないだろうか――』

――まさか、そんなことのために？　彼は自らの死に、世界を変えるほどの価値があると思っていて、それを理由に自殺したとでもいうのだろうか。

すると、そんなヘレナの胸のうちを読んだかのように、Mは笑った。

『――という希望も、実は捨てきれずにいたんだ。それは認める。だって、さっきも言ったように、世界中のすべての人間がお互いを尊重することができるなら、世界平和は実現可能だと思うから』

「そんなこと言って、あなただって――」

思わず口走ったヘレナに、ジョアンナが肉食獣のように喰いついた。

「あなたって、M氏のことよね？」

「ええ、いえ、そうじゃなく……」

こんなこと言うつもりじゃなかったのに――唇を噛むヘレナを、ジョアンナは容赦なく問い詰める。

「M氏は平和を希求《ききゅう》してた。そうよね？　この遺言によれば、彼は平和のために命を捧げたってことになる。けど――」

ネタをちょうだい――ジョアンナの瞳がぎらぎらとした光を放っている。

「彼はこうも言ってたわ。あなたと傷つけ合ったことで、お互いを尊重することの大切さを理解したのだと。それなら、彼はあなたを傷つけたことについて、謝罪したのかしら。そして、その謝罪をあなたは受け入れたのかしら。汝の隣人を愛せって、そういうことでしょう？」

「それは――」

思わず目をそらし、ヘレナは口をつぐんだ。しかし、ジョアンナは恐るべき嗅覚で、ヘレナが最も恐れていた問いを投げつけた。

「あなたたちは最後まで、離婚の原因について話さなかったわね。この映像でも、あなたとのことと なると彼は言葉を濁した。それはどうして？　あなたたちが離婚に至った、そのきっかけって何だったのかしら？」

質問に、ヘレナは体をこわばらせた。

だって、彼は生まれてくるかもしれない黒い肌の子供を愛せなかったのよ――素直にそう叫べたら、どんなに胸がすっとしただろう。重苦しい秘密を吐き出し、表立って彼を責めることができたら、どんなに楽だろう。

いままで考えに考えたことを、ヘレナは再び胸に問うた。考えた。

Mがレイシストと知れれば、彼の名声は地に落ちるだろう。それを人々はまるでゴミのように扱い、彼のすべての功績は輝きを失い、歴史の中に埋もれるだろう。

もし、彼がこの遺言どおり、たった一つの命を平和のために投げうったのだとしても、レイシストの証言はそれを打ち砕く十分な力を持つはずだ。

いまこの瞬間、輝かしい彼の名は、完全に彼女の手中にあった。プライベートの彼がどんな人物であったのか告白するのなら、いまが最後のチャンスに思えた。

ヘレナはためらい、顔を上げた。すると、そこには彼がいた。

スタジオの大きなスクリーン、その光の中から、真正面に彼女と向かい合う、懐かしい人がいた。

彼はいつものように穏やかな表情で、いつものように薄い色のサングラスの向こうから、いつものようにヘレナを見つめていた。

出会ったときよりも、ずっと年を取り、皺《しわ》も増えていたけれど、どんなにその外見が変わろうとも見間違いようもない彼が、そこにいた。微笑み、手を繋ぎ、抱きしめ合い、キスをした、夫であった人の姿が、そこにあった。

彼は死んでしまったのだ――突如、激しい悲しみがヘレナを襲った。彼は死んだ。もうこの世界のどこを探しても彼はいない。もう二度と、あの優しい人に会うことはできないのだ。

心臓に、ナイフで突き刺したような痛みが走った。

そこから吹き出すべき鮮血の代わりに、頬を伝って、ぽろりと一粒、涙がこぼれた。続いて、もう一つこぼれた。三つ目もこぼれた。そうすると、もう歯止めがきかなかった。ヘレナは泣き崩れた。彼女は、二人の子供がいなくなってしまったことがわかった、あの夜ほど泣いた。

「どうしたの？　ちょっと、ヘレナ……」

ジョアンナの声が遠く聞こえる。それでも彼女は泣き続けた。泣きながら、どうして自分が彼の名を汚《けが》すことができなかったのか、理解した。なぜなら、彼女はずっと彼を愛していた。別れてしまってもなお、ずっと愛し続けていたのだ。

『……けれど、世界が平和になればいい、そう願う一方で――そう、僕もわかっているつもりだ。寂しいけれど、僕の命にそこまでの価値はないんだってことを』

彼女が泣いていることを知らないがゆえに、映像のMは話し続けた。

『だから――そうじゃない。僕が死んだ理由は違うんだ。そうじゃなくて……皆、最初の質問を覚えているだろうか。僕の死で世界は変わっただろうかって、聞いたことを』

そう言って、ことさら寂しそうに笑った。

『けど、教えてもらわなくても、僕は答えを知っている。その答えはね――』

その声は世界中に流れていた。

小学校では教室のテレビで、特別に彼の言葉を流していた。

配達途中のドライバーは車を停め、主婦は家事の手を休め、農夫は流れる汗をふき、山羊飼いの男は山羊を追いながら、濁った井戸水を汲む列に並ぶ少女は、空のビンをその胸にしっかりと抱きながら。

テレビやラジオを通し、その声を聞いている人々、そのすべてがMの言葉に興味があるわけではなかった。

それは、彼の歌い続けた歌も同じだった。

その歌を聴いたことはあっても、意味を知らぬ者もいた。意味を知っていても、平和なんてどうでもいい、けれどこの曲は心地よいと言う者もいた。

彼の訴えたものは人々の耳に届いた。それで何かが変わったわけではないが、ただ、届くことには届いていたのだ。

『その答えはね――』

聞く者、聞かざる者、そのすべての人々を包み込むように、Mは言った。

『きっと、変わってない。わかるよ』

ざわざわ、と世界は揺れた。けれど、それもやはり、世界を変えるという大事の前には、あまりに微力なものだった。

それすらも知っていたかのように、静かにMは続けた。

『そう、僕が死んでも、世界は何も変わらない。でもいいんだ。僕は、何も世界を変えた英雄になりたいわけじゃないし、そんな大きな存在になんて、望んでもなれないことをちゃんと知っている。だから、僕は決してそんなことのためにこの事件を仕組んだんじゃないんだ。じゃあ、何でこんな映像を残したかっていうとね――長くかかってしまったけれど、いままで話したことは全部、前置きなんだ。いまから僕は本当の遺言をする。これが僕の残す、本当に本当の最後の言葉だ。だから――そうだ、声だけに集中できるように、映像はここでおしまいにしよう』
同時に、世界中のテレビから映像が消え、画面は真っ黒になった。間を置かず、その闇の向こうから、Mの声が聞こえた。
『準備はいいかな？　じゃ、言うよ。でも、ものすごく小さな声で言うから、聞き逃さないようにじっと耳を澄ませてほしい』
Mが深呼吸するように息を吸い込んだ気配がした。それから、彼はゆっくりと息をつき、最後の遺言をした――

アメリカ国防総省の軍事作戦室は、息をすることさえ憚《はばか》られるような沈黙に包まれていた。

Mの最後の言葉、その一言一句を聞き逃さぬよう、バチェラーをはじめとして、部屋のすべての人間が耳に神経を集めた。それは、チッ、チッ、腕時計が秒針を進める音すら鮮明に聞こえるほどの静寂だった。

「……これで終わりかね？」

最初にしびれを切らしたのは、国防長官だった。

「何も聞こえなかったようだが」

「……たしかに」

眉をひそめて、副大統領がバチェラーを見る。大統領は慌てて咳払いをした。そして、もっともらしく言った。

「放送トラブルが起きたのかもしれないな」

「最後の最後で、ですか？」

副大統領は腕組みをしたまま、椅子にふんぞり返る。わざとらしく腕時計を見る。それから、子供のように唇を尖らせた。

「それにしても、あのMって歌手の行動は、けしからんにもほどがありますな。あんな場所で自殺をして、政府まで騒ぎに巻き込むとは……まるでテロリストのような手法じゃないかね」

「しかも、あれはどう考えてもアメリカ批判だ」

テロ対策担当官が口をはさんだ。

「弔辞など、必要なかったんじゃないですか、大統領」

「それはそうかもしれないが、言ってしまったものは仕方がない」

飛んできた火の粉を避けるように、バチェラーが首をすくめる。と、国土安全保障長官が怒ったように、

「そのやり方も最悪だが、それより、彼はテロリストを擁護するような発言をしていたじゃないか。あの発言については、何らかの処分を科すべきかもしれませんな。例えば、国家反逆罪や――」

「まあ、それは世論の動きも見て、追い追い決めるとして」

バチェラーは咳払いをすると、円卓をぐるりと見渡した。

「ところで、我々は予定どおり、核ミサイルを発射していいのだろうか」

予定は予定だが――Mがこれだけ世界平和を訴えた直後なのだ。作戦を白紙にすることはないにしても、延期したほうがいいのではないだろうか、バチェラーとしてはそう尋ねたつもりだった。

しかし、そう言った途端、厳しい視線が彼に向けられた。アメリカを侮辱したMの発言を、そのファンであるがゆえに大統領は許すのか、というような視線である。

「いやいや」

慌てたバチェラーは、顔の前で手を振った。

「もちろん彼の妄言に付き合うというわけじゃない。そうではなく……そう、ただの進行の確認だ。そもそもこの作戦は、彼がテロリストに殺されたという前提があってのものだったし――」

「彼の死は、いわば後付けの口実だ。何とでもなる」

　国防長官が鼻を鳴らす。その隣のテロ対策担当官も、

「この機を逃せば、テロはのさばるばかりです。再び9・11の悲劇を――」

「確認だと言っただろう」

　大統領の威厳を押し出し、バチェラーがもう一度、強く言うと、彼らはようやく疑いの眼差しをそらす。それならばと、腕時計を見やった副大統領が促《うなが》した。

「大統領」

「わかっている」

　バチェラーは差し出された受話器をつかんだ。ミサイル発射の信号を送る、無線基地直通のものである。

「はい」

　すぐに、やや緊張した声が応えた。バチェラーは深呼吸し、明瞭な声音《こわね》で言った。

「アメリカ合衆国大統領の命令だ。核弾頭搭載ミサイルの発射を許可する」

「……了解しました。コードの確認をします――」

　受話器を置いてしまえば、あとは事務的なやりとりだけだった。賽《さい》は投げられた。死んでしまったMはもとより、もう誰にも止めることはできない命令は下された。

　作戦室の時計が、正確に時を刻む。

　ミサイルの予想着弾時刻まで、あと15分――14分59秒――14分58秒――

アメリカの核ミサイルが発射された、ちょうどそのとき。ロシアの少女リーリヤは、ベッドに顔を伏せ、声を上げて泣いていた。

彼女の部屋に所狭しと並ぶ贅沢品は、すべて戦争の一端を担うものだったし、それに彼女の父親は娘の言葉に耳を貸すことなく、今日も世界でもっとも人を殺した銃を作る会社へと、出勤していってしまったからだ。


アラルスタンの地下アジトで、ウマルはケネスのこめかみに突きつけた銃の引き金を引こうとしていた。けれどMの言葉を聞いたあとでは、その銃の冷たさはウマルの手の中で際立つばかりだった。

「……命拾いしたな」

ウマルはそう言ってケネスの牢を後にした。彼は部下に後を任せ、テ・ダク村のアジトから、ヤウームの本部のある北へ向かった。彼を乗せたトラックは黄色い埃を舞い上げ、あっという間に地平線の彼方へ消えていった。

ラザン国営放送局のスタジオに入ってきた女性は、局長が採用した新人だった。

「あなた、出勤は明日からだと聞いていたけど」

近づいたヌールに、大きな荷物を抱えた女性はぎこちなく振り向いた。その表情は、まるで声をかけられることなど、予想していなかったとでも言いたげだった。次の瞬間、女性は手に持っていた荷物を床に置き、叫んだ。

「アラルスタン、万歳！」

ヌールの目を、白い閃光が焼いた。彼女の意識は、それ以上何も感じることはなかった。

「おい、みんな手を止めて、休憩室に入れ！」

うなりを上げてビンを流すベルトコンベアに負けないくらいの大声で、一彦は叫んだ。

「生放送でMの遺言がやってるんだ。聞いて、世界のために自分に何ができるか考えよう、そうする義務が俺たちにはある！」

「奥山！」

敬称をかなぐり捨てた工場長が、鬼の形相で一彦につかみかかった。

「てめえ、何やってんだ、コラ！」

しかし、工場長と揉み合いながらも、一彦は叫び続けた。

「俺たちは生きてるんだ、何だってできるんだ、その一度しかない人生を倒れたビンを起こすことで消費する気か？　違うだろ、もっと有意義なことが、有意義な時間の使い方があるはずで――」

けれど、どんなに一彦が叫んでも、いや、叫べば叫ぶほど、工場の同僚たちはぽかんとした顔で、あるいは笑いをこらえきれないといった顔で、遠巻きに彼を眺めるだけだった。

叫び続ける一彦は、工場長の呼んだ警備員に引きずられ、ゴミのように、屋外のアスファルトへ投げ出された。

「悲しいのはわかるわ、でもヘレナ、顔を上げて」

ひきつけを起こしたように泣きじゃくるヘレナを、ジョアンナは必死になだめていた。

彼女の泣き声で、Mの最後の言葉とやらはまったく聞き取れなかったし、このまま泣き続けられても番組は生放送だ、支障をきたす。

それに、彼女には高いギャラを払ったのだ。それ相応のコメントをしてもらわないと、プロデューサーもいい顔をしないに決まっている。

「ヘレナ、ねえ」

一体ヘレナがどうしてしまったのか、ジョアンナには訳がわからなかった。

彼女がいまさらMの死を悲しんでいるとも思えない。番組が始まる前の打ち合わせで、ヘレナは毅然とした未亡人を演じてみせるわ、などと軽口を叩き、笑っていたのだ。それがどうしてこうなってしまったのか。

「ねえ、さっきの私の質問が嫌だったなら答えなくてもいいわ。だから、ヘレナ、どうか――」

内心うんざりしながらも、ジョアンナは番組のため、彼女を慰め続けた。

世界は、元どおりに動きはじめていた。

一時は日常を断ち、Mの言葉に耳を傾けた人々も、いまはその続きへと戻り、その間に得た感情を、まるで物語のページをめくるように過去へと押し流していく。

小学生は退屈な算数の問題に戻り、ドライバーはあくびをすると、再び車のエンジンをかけた。主婦は中断していた家事を再開し、農夫は草刈りに、山羊飼いは声を上げて山羊を追い、ビンいっぱいに水を汲んだ少女はふらつきながらも帰路についた。

黄色い砂地でMの最後の言葉に耳を澄ませ、歩みを止めていた母親とアリーも、放送が終わったことを知ると、再び足を動かし、真っ直ぐな道を進みはじめた。

そうして、しばらく先へ進んでから、赤ん坊を抱えた母親は独り言のようにつぶやいた。

「最後の言葉って、何だったのかしらね」

風が泣いていた。天気は良いのに、嵐が来るような気配がした。すると、アリーが驚いたように聞き返した。

「お母さんには聞こえなかったの？」

「あなたには聞こえたの？」

母親が聞き返すと、息子は力強く、うん、とうなずいた。

「じゃあ、何て言ってたのか、お母さんにも教えてくれる？」

「うん。あのね……」


お母さんたら、おかしなことを聞くんだな、アリーは小さく首をかしげた。Mの最後の言葉、それは彼の耳には、はっきりと聞こえていた。それなのに、どうして母親には何も聞こえなかったのだろう、彼はそれを不思議に思ったのだ。

それはなぜだろう、考えていると何だかとてもおかしくなって、彼はころころと声を立てて笑った。あまりに楽しそうに笑う息子に、母親も思わずくすりと笑った。それを見て、腕の中の赤ん坊もけらけらと笑った。

乾いた空に、三人の笑い声が吸い込まれていく。

死んでしまった妹も、空のどこかで笑っているだろうか、笑いながらアリーは思った。妹が生きていたら、きっと彼女にもMの最後の言葉が聞こえただろうと、彼は思った。

ひとしきり笑うと、彼は母を見上げた。そして、内緒話をするように囁《ささや》いた。

「僕に聞こえたのはね——」

アリーが聞いたのは、静寂だった。

それは、ほんの少しの間だけではあったけれど、世界のどこからも、銃弾や大砲の音が聞こえない、そんなひととき。

彼が生まれてはじめて耳にした、それは心安らぐような静けさだった。

きっと、あの人はその一瞬のためだけに命を捧げたのだろう——誰に教わることもなく、少年は自然とそう思った。

そして、こうも思った。

きっと、この静寂はすぐに遮られてしまうだろう、けれど、そんなことすらあの人は知っていたに違いない、と。

そのとき、彼の正しさを証明するように、彼方から飛翔するミサイルの音が空に響いた。テ・ダク村を中心に、その半径二キロ圏内を焼き尽くす核弾頭ミサイルである。

それは、平和を願った一人の人間が世界に与えた静寂を引き裂く、戦争の音であった。

黒い手のイグネイシア

いいえ、そんな、とんでもございません。これまでに何度も申しておりますとおり、わたしは旦那さまが憎くて殺したわけではないのでございます。——ええ、そうでございますよ、わたしは旦那さまにお仕えする、いわゆる奴隷でございました。ええ、それもみなさまがよくご存じの、半年前のあの夜までは、ということでございます。

ええ、黒人奴隷制度というものがいけない、ということになってからずいぶん経つそうでございますね——五十年近く、でしたか。それはだいぶ長い年月でございます。わたしの、年？　そんなことをおっしゃられても、肌の黒い者はみんな自分の年など数えたことがないに決まっております。けれど、そうでございますね、こんなしわくちゃの婆でも、きっと百歳という年は数えていないでしょうから、何にせよ、五十年が長い月日であったことには間違いがありません。

はい？　ええ、お話の趣旨はわかっております。けれど、わたし一人の人生についてただただお書きになったところで、なんの面白みがございましょう。こんな愚かな婆の一生でございますよ。けれどみなさま方がどうしてもとおっしゃるのなら、そうでございますわね、それはわたしの関わるところではございません。よろしゅうございます、あなたがたのお望みどおりに、何でもお話しすることにいたしましょう。

とは申しましても、わたしは自分の生まれについて、あまりたしかに覚えていることはございません。きっとそれほど幼かったか、わたしが生まれつきぼんやりした性質だったのでしょう。ええ、そうです、困った性質でございます。わたしはどうしてか、どこかぼうっとしたところがございます。

例えば、でございますか。そうでございますね——例えば、わたしの旦那さまはよく、わたしに紙巻きタバコを、それいくつかいくつ持って来い、などとおっしゃることがございました。ええ、旦那さまはパイプを使うのがわずらわしいとおっしゃって……ええ、それで、わたしは旦那さまの言うことを聞かなくちゃいけませんから、一応、はい、とお返事申し上げて、それから戸棚に向かうのでございます。しかし、どうもそれがわたしのぼんやりしたところで、頼まれた数がいくつであったか、戸棚を開けたころにはどうもわからなくなってしまうのです。

旦那さまはとてもタバコをお吸いになる方だから、きっと一本きり、ということはないのだろうけれど、一体それが二本だったか、それとも十本だったか、そういうことをうんうん言いながら思い出そうとするのですが、思い出せません。

ええ、もちろん数を間違えては恐ろしいことになるのでございます。ですから、わたしはとにかくありったけのタバコをエプロンに包んで、そうして旦那さまのところへ行って一本きり、渡すのでございます。そうすると旦那さまは、これいくつと言ったじゃないか、それなのにお前は一本きりしか持って来なかったのか、とおっしゃるので、そこでわたしは旦那さまが今おっしゃった数を急いで数えて、タバコを差し出すのでございます。

機転がきく？　何をおっしゃいますか、そんなことでは一切ございません。本当に、旦那さまを怒らせるということは、それは恐ろしいことでございますから――そうでございます、命にかかわることになるのでございますから、わたしがどれだけ必死になったか、少しは思いやっていただけることかと思います。

ええ、わたしはそれは夢中でございました。毎日旦那さまのお怒りを買わぬよう、懸命に気をつけ、それだけを思って過ごしてまいりました。ええ、文字どおり、そのことだけを思っていたのでございます。

けれど、今考えれば、それは愚かなことだったのでございます。わたしには、その他にも考えなければいけなかったことがたくさんあったはずなのでございます。ですから、わたしがそれに気付くのが、もう少し早かったならばと悔やむばかりなのでございます。けれど、本当にわたしは旦那さまの言いつけをこなすことで精いっぱいで、他のことはぼうっと何も考えていなかったのでございます。

　こんなわたしの性質は、幸運でも不運でもございました。ええ、ぼうっとしていたおかげで、わたしはこうしてあの時代を生き抜いて、みなさま方の前で、お話しすることができているのでございますから。

　話がひどく逸れてしまいました。とにかく、わたしはきっと幼いころからそうだったのでしょう、ぼうっとしているうちにあっという間に家族と引き離され、アメリカへ渡る大きな船——当時はもちろん、この船がいわゆる奴隷船だということも、どこへゆくものかなどわたしは知るはずもございませんが——に乗せられ、長い長い船旅が始まったときも、わたしは甲板の上で三角に立つ波をずっと見つめていたのでございます。

　ええ、女たちと違い、男たちは船倉に閉じ込められておりました。けれど、わたしの行動は自由でした……自由と言いましても、海を眺めていられるというだけの話でございますが。

　どこへ行くとも知らぬ船で、航海は何日も続きました。波は穏やかで、照りつける日差しがきつくはございましたが、わたしは他の女たちのようにじっと黙って耐えておりました。というのも、何か騒ぎを起こせば白い肌の男たちの怒りを買うことになるからでございます。

ええ、しかし騒ぎを起こす者もおりました。それは決まって男たちでございます。ときおり、男たちはどうにかして船倉から逃げ出し、わたしたちのいる甲板まで来ると、迷わず海へ飛び込むのです。――そうでございますわね、彼はきっと奴隷となって働くよりは死ぬほうがましだと思い、自死したのでございましょう。とにかくそれはあっという間で、それを止められなかった白い肌の男たちはひどく怒って怒鳴り散らしました。わたしはどうして男が飛び込んだのかもわからずに、白い肌の男の怒りが収まるまで、身体をできるだけ小さくしてやり過ごすのでございました。

長い航海の間に、何人もの男が海へ飛び込み、そのたびに白い肌の男たちは怒りました。わたしはだんだん不安になって――それまで何とも思っていないところが、わたしのぼうっとしたところと申しているのでございます――さすがにわたしもこの船がどこへゆくのか知りたくなりました。そこで、幼いわたしは隣に繋がれた――ええ、自由と言ってもちゃんと足は繋がれておりますよ――母親くらいの女に、どこへ行くのかと尋ねたのでございました。

イグネイシアへゆくのだと、その女は答えました。運よく、わたしの言葉と、彼女の言葉は通じるものでした。イグネイシア、それは新しい世界という意味でございます。ただ新しいというわけでもなく、良い未来、そんなような意味も込められた言葉でございますが、うまく英語で表すことができるかどうか……ヘヴン、ええ、まあ天国と言ってもよろしゅうございますね。とにかく、そこへゆくのだと。

イグネイシア――良い未来の待つ世界へゆく。もちろん、そんなものは丸っきりの嘘でございますわね。きっとその女は、幼いわたしを憐れんだのでしょう。女は、これから自分の待ち受けている運命がどんなものなのか、おおよそ察しがついていたのだと思います。いえ、いくら幼いとはいえ、それに気付かないわたしのほうがおかしなものでございます。そして気付かぬどころか、わたしはその女の言葉を、イグネイシアにゆくのだというその言葉を、驚くほど素直に信じたのでございました。けれど、信じはいたしましたけれども、それが具体的にどんな世界で、これからどんな運命にわたしは導かれるのかということまでは、わたしにはわかりませんでした。ですから、わたしはまた隣の女に尋ねました。それならどうして、海へ飛び込む者がいるのかと。

女はいっそうわたしを哀れに思ったはずでした。本当のところ、わたしは哀れでも何でもなく、ただの何も考えが至らない子供というだけであったのでございますが……。まあ、けれどその女はわたしを憐れんで、よく考えてから、彼もまた彼のイグネイシアへ旅立ったのだ、と答えたのでございます。

彼のイグネイシア？　わたしは少し不思議に思いはいたしましたが、言葉に出して聞き返しはしませんでした。どうしてか、わたしたちがこの大きな船で向かうイグネイシアと、彼のイグネイシアは違うのだろうと、あまり深くも考えずにそう思ったのでございます。

それに、そんなことよりも、わたしはイグネイシアにゆけることが嬉しくて仕方ありませんでした。いくらぼうっとしたわたしでも、この甲板の上で長い間日干しにされていることに嫌気がさしていたのに違いがございません。けれど、今は辛くとも、この先には良い未来が待っているということを、わたしは知ったのでした。イグネイシアへゆくというのは、そういうことでございます。ですから、わたしはイグネイシアに到着するのを待ち焦がれました。

そのうちに船はどこかへ――いわゆる、奴隷市場でございますけれども――着いて、わたしはそこで旦那さまになる方に買われ、荷馬車で揺られて大きなお屋敷に到着いたしました。

ここがイグネイシアなのだ。わたしは感動いたしました。お屋敷の周りには農園が広がっておりまして、そこにはたくさんのわたしと同じような黒い肌の者たちが働いておりました。わたしたちが乗ってきた船よりはるかに大きなお屋敷は、とてもよく手入れがされていて、旦那さまに入ってよいと言われても、しばらくためらうほどに床までもがよく磨かれておりました。

それは、たしかにわたしが知っている世界とは違う、新しい世界でございました。

そして、その世界ははっきりと、良い未来をはらんでいると、わたしはそう感じたのでございます。

ここがイグネイシアなのだ。わたしは喜びを覚えて強くそう思いました。そんなわたしをご覧になって、旦那さまは、立派なお屋敷の中で働けるお前たちはとても幸せなのだとおっしゃいました。それから旦那さまは、わたしたちに対してとても寛大なのだ、とも。

わたしたち、と言いましたのは、もちろんほかにもたくさんの黒い肌の者を、旦那さまが市場でお求めになったからでございます。旦那さまは、男は表で、女は屋敷で働くように、とおっしゃいました。そして幼いわたしは、わたしより小さな、旦那さまのお子さまの守りをする仕事が割り当てられました。

もちろん、お子さまたちがいらっしゃらないときには、掃除や食事作り、皿磨きなど何でもいたしました。新しい、良い未来に向かう世界の中で、わたしは懸命につとめました。けれど、そこはわたしのぼうっとした性質が悪く出ることもございました。

メイドたちは――お屋敷の中で働く女を旦那さまはこう呼びました――いっぺんにいろいろなことを一番年の若いわたしに言いつけました。それを、ぼんやりしたわたしは何もかも半端にしかできませんで――ええ、すべて性質のせいにすることもできないのでございますが――ずいぶん年上の者たちからいじめられました。それは嫌なことでございました。ですから、わたしはメイドたちとはあまり交わらずに過ごすことが多くございました。

わたしはお子さまの守りという仕事は大好きでございました。わたしをいじめるメイドたちと働くことに比べて、お子さまの守りはずいぶんと楽な仕事でございました。なにせ、せがまれるままにお遊びのお相手をしていればいいのでございます。

わたしはそれなりに楽しんでいたようにも思います。ありがたいことにわたしの身体は頑丈で、粗食にも寒さにも耐えましたし、少々間が抜けていても、旦那さまもはじめのうちは、お言葉どおり寛大に粗相を許してくださったからでございます。

けれども、わたしがお屋敷につとめて半年ほど経ったころ、突然その事件は起きました。いつものようにお子さまの守りをしているときでした。遊びにはしゃいだお子さまは、暖炉の角に額をぶつけ、怪我をされてしまったのでございます。

そのときの奥さまの悲鳴を、わたしは一生忘れないことでしょう。奥さまはお読みになられていたご本を放り出すと、すぐさまお子さまの身体を助け起こし、消毒用のアルコホールを持ってくるようにと、奥さま付きのメイドにおっしゃいました。メイドはとても慌てた様子で、呆然としているわたしの横を通り過ぎ、すぐに薬箱を抱えて戻ってきました。そして、わたしの耳に、あんたひどいことになるよ、と怯えた声で囁きました。

ひどいこととはどういうことだろう、わたしがぼんやりと思っていると、奥さまの悲鳴を聞きつけた旦那さまが、見たこともないような恐ろしい形相でこちらにいらっしゃるのが見えました。

お子さまの怪我をごらんになるのだ、わたしがそう思ったのは間違っていました。旦那さまは訳のわからぬ言葉でわたしを罵倒なさると、わたしの腕をひっつかんで外へ引きずり出しました。そして、外の納屋の梁にかかった太い縄にわたしをくくると、地面から高くに吊り上げたのです。

どうしたことでしょうか、わたしは懸命に覚えたばかりの言葉を口走っていたように思います。そうです、愚かなわたしはこの期に及んでも旦那さまのお怒りに気付いていなかったのでございます。

ビリビリッ、と派手な音がして、わたしの粗末なシャツは背中から破かれました。何が起きたのか分からぬまま、わたしは必死で後ろを振り向こうとするのですが、縄で吊るされているわけですから、こう、うまく振り向くことができず、わたしはじたばたと足を動かして何とか縄から逃れようと試みました。

そのわたしのあがきを断ち切るように、ビュンと空を切る音、それとともにわたしの背中に真っ直ぐに痛みが走りました。あっと思うのもつかの間、続けてもう一度、そしてもう一度、もう一度。わたしの背中は火が吹き出ているのではないかと思うほど、熱を持って痛みました。それでも旦那さまはわたしを地面に下ろそうとはなさいません。

　そのうちにわたしのだらんとぶら下がった足に、その熱の正体がたらたらと伝い落ちてまいりました。ええ、いくら愚鈍な私でも、それが何かはわかりました。血でございます。旦那さまは、動物にするようにわたしに鞭を打ち、わたしはなす術なくただ生きた肉のように納屋の先にぶら下がっているだけなのでした。

　お前がきちんと子供を見ていないから折檻してやっているのだ、というようなことを、旦那さまは荒い息の下でおっしゃっていたような気がいたします。ええ、鞭を打っている旦那さまの息が切れるほどですから、それほど叩かれたわたしの意識はもう薄ぼんやりとして、気を失ってしまう寸前でございます。わたしは、叫ぶこともできなくなり、旦那さまの鞭にピクンと身体を震わせるだけになりました。

　それからどれだけ耐えていたのでしょう。本当に気を失ってしまったわたしは、どうして地面に降りたのかもわかりません。けれど、気がついたときには、高かった日は暮れ、わたしの背中の血は乾いておりました。打たれた背中は、もちろんずきずきと疼いております。わたしは破れ、乱れた服を何とか身体に押しつけながらよろよろと立ち上がりました。

　どうしてこんな目に遭わなければならないのだろう。幼いわたしはそう思ったのでございます。けれど、わたしはしばらくぼんやりと突っ立ったあと、お屋敷の勝手口に歩きだしました。

ふふ、そこまでされて、なぜ屋敷に戻るのかといったお顔をしていらっしゃいますね。けれどわたしは、そうするよりほかになかったのでございます。なぜなら、あのときわたしのすべては旦那さまのお屋敷の中でございました。わたしのイグネイシアはそこ、と決まっていたのでございます。

そうでございますね、世界、そう言われてあなた方は何を想像するのでしょう？このアメリカ、そしてたくさんのそのほかの国々……地球、ええ、きっとそんなものでございますわね。あなた方は、わたしの問いにすらすらと答えていらっしゃる。けれど、ええ、あのときの幼いわたしにもし、同じことを問うたのなら、その答えはただ一つ、決まっておりました。

わたしにとっての世界、それはただ旦那さまのお屋敷の中だったのでございますよ。お屋敷以外の世界は、わたしにはないも同然のものでした。ええ、そういう経験をした者以外は、想像もつかないかもしれません。そして、それがあなた方とわたしたちの違いなのでございましょうね。

とにかく、わたしの世界はお屋敷の中で、それはイグネイシア——そこには新しい、良い未来が待っているはずでした。わたしはお勝手口までのほんの短い距離を、足を引きずるようにして歩きながら考えたのでございます。

未来、というのは今じゃございません。当然でございます、未来とはいつか先の時間にくるものでございます。ですから、幼いわたしはこう思いました。ここで懸命につとめていれば、いつかきっと、良い未来がわたしを迎えてくれるはずだ、だってここがわたしのイグネイシアなのだから。

旦那さまは、勝手口から入ってきたわたしをご覧になって、もう傷はいいのかい、とそうおっしゃいました。わたしはほっといたしました。旦那さまは、優しいお方です。そこへさきほどのメイドの一人が、わたしにまた囁きました。申し訳ありませんでした、これからは十分に気をつけますのでよろしくお願いいたします。メイドに囁かれた言葉を、わたしはそのまま繰り返し、その言葉に旦那さまは微笑まれました。

それ以来、わたしが鞭で打たれたことはございません。けれど、他の者たち——特に外で働く下男は、何か粗相をしたのでしょう、よく鞭打たれている様子が二階の窓からちらりと覗くことがありました。中には、あまりに旦那さまのお怒りを買った者が、棒でぶたれて、あの納屋の先にぶら下がったまま動かなくなったこともございました。恐ろしいことでございます。わたしは、これまで以上に旦那さまのお怒りを買うことがないよう、頭の回らぬなりに気をつけてまいりました。わたしは、ここでわたしの良き未来を待っているのでございます。

けれど、鞭を打たれる者は後を絶たず、だんだんと下男たちは怒ったような様子をするようになりました。わたしは恐ろしくてたまりませんでした。ええ、わたしはそれが旦那さまでなくとも、不機嫌な様子を隠しもしない男たちが怖かったのです。ですから、わたしはできるだけその者たちと関わらないように、寝床でも——それはメイド小屋と呼ばれる、隙間風のひどい掘立小屋でした——眠るときも一人隅っこで誰にも近づかれないように眠ったのです。そうして眠りにつけば、また一歩わたしは良き未来へ近づきます。いつか、良き未来がわたしを迎えに来る、それだけがわたしの楽しみでございました。

しかし、メイドたちともあまり口をきかずに一人過ごす、そんなわたしに声をかける者がおりました。それは、わたしが旦那さまのお屋敷で働きはじめて、何冬も過ごしたころでした。

その下男はジョナサンといいました。わたしよりも白い肌をしたジョナサン——彼の肌色はわたしが旦那さまによくお淹れするミルク入りの珈琲のようでございました——は、わたしと目が合うたびににっこりと笑い、他の男たちのように怒ってはいませんでした。わたしは彼と会うたびに、聞きかじったつたない英語で彼と短い会話をいたしました。ええ、それにしても他の者と話すこともないわたしの語彙など限られたもので、たいていは空を指差し、暑い、だの、寒い、だのということに限られました。けれど、それだけでわたしの一日は楽しみに溢れ、彼に会いたいという気持ちは募りました。

わたしと同じころに買われてきたメイドたちはいつのまにか旦那さまの許しを得、下男と結婚して子をもうけておりました。気がつくとわたしももうそんな年ごろで、これが恋なのだと、わたしは思いました。

それからわたしはジョナサンと夜を過ごすことがございました。わたしはジョナサンのことを好いておりました。ですから、わたしは彼のそばにいられるだけで幸せでございました。そしてそのころにはわたしもだいぶ言葉を覚え、彼と簡単な意思疎通はできるようになっておりました。けれど、わたしが言葉を覚えるにつれ、わたしは他の者たちの言うことも理解できるようになっていったのでございます。そして、その話の内容は、わたしにとってあまり関わりたくないようなものだったのでございます。

わたしは、下男たちが鞭打たれたことについて、そしてその他のいろいろな仕打ちについて、とても怒っていることを知りました。そして彼らが、自分たちは旦那さまの元にいたくはない、とはっきりと言うのを聞きました。

その下男たちの怒りは、メイドたちの怒りもあおったようでした。メイドたちも怒った様子で仕事をするので、お屋敷の中はぴりぴりした空気でいっぱいになりました。

そして、彼女たちも、旦那さまや奥さまのいないところで白い肌の人々について悪口を言い、わたしたちはもっと自由であるべきなのだと激しい調子で言っておりました。わたしは今までよりいっそう身を縮めて、その話に加わろうとはいたしませんでした。というのも、やはりわたしはそんな話をして、旦那さまのお怒りを買い、わたしの良き未来を断たれるのが恐ろしかったからでございます。

けれど、わたしにとっては恐ろしいことでも、それを恐ろしくないと思う者もおりました。それはメルダという、奥さまと同じ年ごろのメイドで、そのメイドには外の小屋に何人も自分の子供たちがおりました。そして、その子供たちも男の子は外で働き、女の子は家の中で昔のわたしと同じように、前の春に生まれたお子さまの面倒を見ておりました。

あなたはこのままでいいと思っているの？　メルダからそう問い詰められたのは、もうそろそろシャツ一枚では凍えて夜も眠れぬころでありました。ええ、そこにいたわたしにふと聞いたという調子ではなく、問い詰められたというような、激しい調子でありました。わたしを怒ったように見つめる彼女の白目が充血しているのは、おといの晩に彼女の子供が一人、凍えて死んだからだと思われました。

このまま、とはどういうことでしょう？　わたしはメルダが怒った様子が怖くて、うつむいて答えたと思います。この人はどうしてわたしを怒るのだろう、わたしは彼女に対して何もしていないのに。わたしは少しは暖かいこのメイド部屋から今すぐに外へ逃げ出して、冷たい台所の隅で眠ってもかまわないくらい、とても嫌でした。そんなわたしの様子に、メルダはさらに怒りを増したようでした。

あなたはこのお屋敷で一生奴隷を続けるつもり？　メルダの問いに、わたしは泣きそうになりながら、はい、と申しました。奴隷という激しい言葉はわたしを驚かせましたが、けれど、このお屋敷で働く以外にわたしはどうすればいいというのでしょうか。わたしの生きていく場所は、このお屋敷以外にないというのに、メルダはわたしに何を求めているのでしょうか。

メルダはわたしの答えに怒りで顔を真っ赤にいたしました。黒人の地位が向上しないのは、あなたのような愚図がいるからだ、彼女はそうわたしを罵りました。そして、わたしたちはこんなふうに白人に使われるいわれはない。わたしたちも、白人と同じ権利があるのだと彼女は言いました。だから、わたしたちは団結してこのお屋敷を出て、そしてわたしたちの未来をつくらないといけないと。

ええ、わたしに理解できた言葉はそれくらいでございます。他にももっといろいろと——例えば州の法律がどうとか、支援者がどうとか、そんなことを言っていた気もいたしますが、わたしの頭で理解できるものではございませんでした。——ああ、そう、大事なことを忘れておりました。彼女はわたしに、自分のこの手で世界は変えられるのだ、と言ったのでございます。
　仰々しい言い方でございます。この黒い両手で。わたしと同じ色をした、世界を、変える。わたしの、この手のひらだけはう
すい色の、この黒い両手で。わたしと同じ色をした、彼女の黒い両手で、でございま
す。一体、それはどういうことでございましょう。わたしの、今わたしがいるこの場所は、変えるべき世界だということなのでございましょうか。わたしのこの——。
　イグネイシア。幼いわたしの耳が聞いた、奴隷船の女の言葉がふっと頭によみがえりました。そうです、わたしはイグネイシアに辿り着いたはずでございました。新しい、良い未来をはらんだ世界。その世界とはわたしのいる、この旦那さまのお屋敷でございます。この世界を、メルダは変えようと言っているのであります。
　けれど、変える、と一言で申しましても、それはどういったことなのでございましょう。このイグネイシア——わたしたちの世界で、わたしたちは旦那さまの言うとおりに仕事をし、暮らしているにすぎません。鞭打たれることが恐ろしくても、イグネイシアを失うよりは恐ろしくない気がいたしました。
　だってメルダの言うように、旦那さまのいらっしゃるこのお屋敷を出てしまったら、わたしはどうしたらいいのでしょう。メルダと、他のメイドたちと、黒い肌の者たちだけで暮らそうというのでしょうか。それが世界を変える、ということなのでございましょうか。

馬鹿になったように黙りこくったわたしを、メルダはどう説得すればいいか、考えあぐねたようでした。そして彼女は何を思ったか、外へ出て行きました。世界を変えようなどという、恐ろしい誘いは去ったのだ、わたしがほっとしたのもつかの間、彼女はなぜかジョナサンを連れて戻ってまいりました。

あとは君だけなのだ、とジョナサンは優しく、わたしにも聞きとれる言葉で言いました。世界のみんなが、黒い肌の者たちを自由にしようと動いている。その風に今、僕たちは乗るべきなのだ。

その言葉自体は理解できても、ジョナサンの言葉が何を意味しているのか、わたしにはちっともわかりませんでした。けれど、きっと彼もメルダと同じように、世界を変える、ということを願っていることは、その態度からわかりました。

わたしは困りました。わたしの愛する人までが、突然気持ちの通じぬ生き物になってしまったように思えました。わたしは怯えて、その場から逃れようといたしました。けれど、そんなわたしの手を彼は握り、そして言いました。

逃げよう、こんなちっぽけな世界に止まることはない。外にはもっと広い世界が待っているんだ。僕たちは、こういうお屋敷に僕と君が住み、旦那さまや奥さまのような家庭を築き、世界をこの手で変えていくことができるんだ。奴隷など、あるべきでない、恐ろしい人権の侵害なのだ。

ジョナサンの目は、興奮してきらきらと輝いておりました。ふと周りを見ると、メルダも、いつのまにか集まった他のメイドたちも、同じような目をしておりました。わたしはとても焦りました。

なぜって、わたしにはまだ、彼の言うことがちっとも理解できなかったからでございます。わたしは旦那さまのお屋敷の中――この世界しか知りません。ほかに違う世界があるのだと、自分の手でつくることのできる世界があるのだと言われても、どうもピンとこないのでございます。

ふふ、そうでございますね。わたしがどうしてこんなにわからぬものか、みなさま方には想像のつきにくいことでございましょう。ですから、そうでございますね……………もし、みなさま方にわかりやすく申し上げるなら、例えばですけれども、夜空にはたくさん星がありますでしょう？　その星を眺めていたら、突然隣に座った人がその星を指差して、あそこは素晴らしい場所でたくさんの人が住んでいる、そして僕らもそこへ行く方法も権利もあるのだ、だから今から一緒に行こうじゃないか、と言われたとしたらいかがでございましょう？　戸惑うほかないとお思いにはなりませんか？　いや、わたしは今までどおりこの場所にいたい、とおっしゃるのではございませんか？

ええ、わからなくても、そういうものだと思ってもらうほかございません。けれども、とにかく、わたしの心持ちは、まさにそういった感じでございました。

旦那さまのお屋敷以外にもたくさんのお屋敷があり、そこでわたしたちのような奴隷――彼らはわたしのことをしつこくこう呼びました――が働いている、そしてそれはいけないことだという彼らの主張が、わたしには理解できませんでした。

ここにいてはいけないのですか？　わたしはジョナサンにそう訊いたような気がいたします。ここはわたしのイグネイシアなのです、わたしはここで、困ったことなく生きてゆけます、けれどもあなたはわたしのイグネイシアを変えなければいけないと、そう言うのですか、と。

イグネイシア？　ジョナサンは怪訝な顔をいたしました。ですから、わたしはつたない言葉で懸命に説明をいたしました。わたしは新しい、良き未来をはらむ世界にいるのだ、そして、それ以上のことはわたしは望んでいないのだと。

しばらくジョナサンは考えたあと、こう返事をいたしました。

もし本当にここがあなたのイグネイシアだと思えるのなら、あなたはとても運がいいのだ。それとも、あなたは自分のこと以外を考えることを放棄した、愚かな人間なのだ。彼は言いました。周りを見なさい、旦那さまは働かず、僕たちと同じ黒い肌をした者だけが働き、粗相があれば殺されることもある。いいかい、彼らと僕たちは同じ人間なのだよ。彼らが人間で、僕らが家畜なのではない。違うのは肌の色だけで、その他はまったく同じと言っていい人間なのだ。その同じ人間の、一方が楽をし、一方が苦労をしてはならないのだよ。だから、僕たちと行こう、そして僕らのイグネイシアを、そこで見つければいい。

わたしは首を振りました。わたしが彼と同じ黒い肌をしているという理由で、彼らがわたしに差し出してくれた黒い手を、わたしは握らなかったのでございます。

愚かなわたしは、こう考えたのでございます。鞭打たれ、殺される者がいる。シャツ一枚しか着られずに、凍えて死ぬ子供がいる。けれど、その痛ましい出来事はわたしの世界の外で起こっていることで、わたしには何の関わり合いもないことじゃないか。たくさんのわたしと同じ黒い肌をした者が虐げられているとしても、それはわたしではない、わたしは今日も生きて、粗相をしなければ明日も生きる、良き未来がわたしを待っていてくれる、そう思っていたのでございます。

メルダとジョナサンは、頑ななわたしを説得することを諦めたようでありました。わたしの前から去ろうとするジョナサンの悲しそうな目を、わたしは見つめました。彼とわたしの考えがとても違ったものであっても、わたしは彼のことを愛していました。ですから、わたしは彼に尋ねました。あなたは、あなたのイグネイシアにゆくの？　彼は、悲しそうに私を振り返り、さようなら、とだけ申しました。彼が去っていく後ろ姿が、わたしがここへ連れて来られたあの奴隷船の、日の照りつける甲板から海へと飛び込んだ名も知らぬ男の背中と重なりました。

そして、その夜から何日か経った夜中でした。わたしは、お屋敷にいたほとんどのメイドと下男たちが、彼らのイグネイシアを求めて逃げ出したことを知りました。怒り狂った旦那さまたちは、銃を持ち出して彼らを追いかけてゆきました。

その晩は誰も帰りませんでした。わたしはまんじりともできませんでした。そして、わたしは朝方気が晴れたように帰っていらっしゃった旦那さまをお迎えいたしました。ええ、旦那さまが何もおっしゃられずとも、わたしはそのお顔から彼らの運命を知ったのでございます。

それから、旦那さまはただ一人、お屋敷に残ったわたしに一目置かれたようでございました。そして、わたしをメイド長にするとおっしゃってくださいました。

たった一人お屋敷に残されて、それでメイド長というのもおかしな話でございました。しかし、旦那さまはその日おでかけになると、すぐにたくさんの黒い肌の者たちを連れて帰っていらっしゃいました。

これで、すべてはいつもどおりになったのでございます。わたしはとても喜びました。

わたしはたくさんの年若いメイドたちに仕事を教え、粗相のないように気を配りました。それからもし、粗相をしてしまい、鞭打たれたときには言わなくてはならない、詫びの言葉を、彼女たちに一言一句、間違いなく教えました。

若いメイドたちは飲み込みがはやく、親子ほど年の違うわたしを慕ってくれました。今、思い起こせばそのころが一番充実していたようにも思います。わたしは大家族の母親のような存在で、メイドたちは子供に恵まれなかったわたしの、かわいい子供たちでありました。

けれど、それから何年も過ごすうちに、メイドたちに変化が現れるようになりました。どこで習うのか、文字を読む者が現れました。そしてそのメイドは、旦那さまが読み終えた新聞をみなに読んで聞かせるようになりました。

そこに一体何が書いてあるのか、物語なのか、それとも奥さまのごらんになる広告の類なのか、わたしにはそれさえもよくわかりませんでした。けれど、メイドたちは熱心に、そこに書いてあるらしい言葉について話していることが多くなりました。ジョナサンたちが逃げ出す前に感じた、わたしの望まぬぴりぴりとした雰囲気が、再びお屋敷の中に戻ってまいりました。嫌なことだ、とわたしは思いましたが、わたしがどうにかできることではございません。

そんなある日、旦那さまが何かを探していらっしゃるようすでこちらにいらっしゃいました。そして、わたしを見つけると、近頃読み終えた新聞をどうしている、とお訊きになりました。わたしは隠すこともなかろうと、いらぬものだと思い、メイド小屋にございます、すぐに取ってまいりましょう、とお答えいたしました。

いいや、その必要はない。旦那さまはおっしゃいました。そうでございますか、と旦那さまのお顔を拝見すると、どうしたことでしょう、あの誰かを鞭打つ前の、恐ろしい形相に変化しているではございませんか。わたしは、あっと思い、そこへ立ち尽くしました。何かが旦那さまのお怒りに触れたのだ、鞭で打たれるかもしれない、そう思いました。

しかし、旦那さまはわたしの横を通り抜け、台所に踏み入られると、新聞を読むやつはどいつだ！　と、お屋敷中に響き渡る声で叫ばれました。わたしは大急ぎで台所へ向かいました。わたしです、とハリエットという名のメイドが、震える声で、しかし胸を張って答える姿が見えました。

旦那さま、大統領が奴隷廃止を宣言して、もう何年も経つというのは本当でしょうか。ハリエットはまるですべての黒い肌の人々を代表しているかのようにそう言いました。ええ、わたしの耳はその難しい単語を拾いはいたしましたが、どういう意味なのかはてんで見当がついておりません。けれど、ハリエットはその言葉の意味を、とてもよくわかっているかのようでした。

いいか、お前らはおれが買った品物なのだ。旦那さまは激しい調子でおっしゃいました。品物をどうしようが、おれの勝手なのだ、お前たちはおれの言うとおりに働けばいいのだ、と。

わたしは、旦那さまがおっしゃっている内容はまったく興味がございませんでした。そんなことよりも何よりも、目の前で旦那さまが怒っていらっしゃる、その光景が怖くて怖くて仕方ありませんでした。ですから、旦那さまの後ろから気付かれぬよう、ハリエットに目配せをいたしました。今からでも遅くはない、旦那さまに謝りなさい、申し訳ありませんでしたと言いなさい。けれど、わたしの目線に気付いたハリエットは、あろうことかわたしを睨み返しました。

その目は、わたしが今までに見たことのない目でございました。黒い肌の者が、同じ黒い肌の者を見る瞳に宿るはずのない光、そう、そこにはたしかに怒りが宿っておりました。そして、それは真っ直ぐにわたしを指しております。ハリエットはわたしに怒っていたのでございます。わたしはその怒りに気付いて、唖然といたしました。

どうしてわたしが年下のメイドに怒りを向けられなくてはならないのでございましょう。それも、わたしが子供のように可愛がっているメイドでございます。どうして、ハリエットはわたしを睨むのでございましょう。わたしはわけがわかりませんでした。

わたしが驚いてぼうっとしている間に、旦那さまはハリエットの腕をつかみ、外へ引きずり出しました。すぐにハリエットの絹を裂くような悲鳴が聞こえました。何度も、何度も、何度も。そして時折、何かを問うような旦那さまの声が聞こえ、それに答えぬハリエットに、永遠とも思える長い時間、鞭が、そして次には木の棒が当てられました。わたしは恐ろしくて、ずっと耳を塞いでおりました。他のメイドたちは、そんなわたしを横目に、涙を流しながらハリエットが打たれるようすを二階の窓から見つめておりました。

ハリエットは死にました。夜になって下男たちがその遺体を埋めてやろうとすると、旦那さまは二階の窓からそれを見張っていて、決してハリエットを片付けさせようとはなさいませんでした。ですから、ハリエットの亡骸はそのあとだいぶ腐って、虫がたくさん湧き、どろどろの肉が落ちて骨となり、それからやっと旦那さまはその骨を片付けさせたのでした。

それからしばらくは、皆旦那さまの恐ろしさがわかったのでしょう、おとなしくしておりました。けれど、メイドたちは憂さを晴らすように、わたしに辛く当たるようになりました。

裏切り者、あるメイドは通り過ぎざまにわたしに囁きました。白い主人の黒い犬、わたしのことを陰でこう言う者もおりました。恥さらし、自分の身が一番かわいい小心者、あるいはわたしにわざとミルクをこぼし、白くなってちょうどいいとさえ言う者もありました。

どうしてそんな言われ方をしなければならないのか、わたしにはわかりませんでした。けれど、それで彼女たちの気が済むのなら、仕方がないとも思いました。きっと彼女たちは、わたしが旦那さまに気に入られていることを不満に思っているのだと思いました。ですから、わたしは誰にも協力されない、一人ぼっちのメイド長として孤独に働きました。

けれど、悪いことばかりではございません。旦那さまは、どこからかまた新しいメイドを連れてまいりました。それは幼い少女で、名をルタと申しました。幼いルタはわたしの言うことをよく聞いてくれました。

彼女はよく働きました。他のメイドたちは、ほとんどが旦那さまの見ていないところでなまけるというのに、そんなときでも決して手を抜かないルタの仕事ぶりに、わたしは好感を覚えました。

彼女はわたしがお屋敷に連れて来られた年と同じくらいで、いつのまにかわたしは彼女のお婆さんと思われてもおかしくない年齢になっておりました。もし、わたしに子供がいて、そしてその子供が孫を産んだなら、きっとこんなに愛らしいものであっただろうと、わたしは思いました。ルタは本当にわたしの血縁のような少女でございました。

わたしはルタに、わたしのとっておきの話をしてやりました。ええ、あのイグネイシアの話でございます。ルタはきらきらと輝く黒い瞳でわたしの顔を見上げ、それならいつかきっと離れてしまったお母さんに会えるのかな、と言いました。

お前が良い未来にそれを望むのなら、きっとそうなるよ、とわたしは言いました。すると、ルタは花の咲いたような笑顔で笑い、そしてわたしの皺の寄った頬にキスをしてくれました。わたしは、ルタの良い未来が早く訪れるといいと思いました。わたしの膝の上に乗ったルタの重みは、わたしの心を安らかにいたしました。

ルタは丈夫に育ち、娘の年ごろになりました。ルタが育ったそのぶんだけ、わたしはまた年をとりました。そして、その時分にはもう、わたしに嫌がらせをするメイドたちはどこかへ逃げ出すか、死んでしまうかしており、旦那さまのお屋敷にはわたしを含めて数人のメイドが残るのみになっておりました。

旦那さまもだいぶお年をお召しになり、お屋敷を仕切るのはわたしがその昔に守りを任されたお子さま——若旦那さまでいらっしゃいました。若旦那さまのご一家は、この広いお屋敷に住まわれ、昔と変わらず私たちがそのお世話をしておりました。そして、若旦那さまのお子さまは遊び人で、メイドたちにちょっかいを出すことがお好きでした。

ええ、ちょっかいと言っても、わたしのような婆に出すようなものじゃございません。もちろん、わたしもそうはならないように、若いメイドたちに気をつけてみてはおりましたが……。可哀想に、お子さまが手をお出しになったのは、わたしの可愛いルタでございました。

ルタは――彼女は健康で丈夫な身体をしておりますから、これはもうすぐに妊娠いたしました。ええ、彼女が何も言わないうちから、これればかりは愚鈍なわたしにもピンときたのでございます。わたしは困ったことになったと思いました。

大旦那さまも、若旦那さまも、そしてそのお子さま自身でさえ、ルタの妊娠を喜ばないでしょう。真っ黒なメイドが、白い肌の者と交わって子を成すなど、あってはならないことだからでございます。ルタの妊娠に気付いたわたしは、彼女を説得しようといたしました。誰も望まぬ子供なら、おろしてやったほうがいい、そう申しました。お子さまには、お付き合いしている、ちゃんと白い肌の女性がいらっしゃって、その方との子供を成すのだからと。

けれど、どうしてかルタは子供を諦めませんでした。それどころか、激しい調子で、わたしは子供の父親――若旦那さまのお子さまと愛し合っているのだ、と言ったのでございます。これにはわたしも目の玉が飛び出すほど驚きました。けれど、ルタは驚く私を尻目に、もしも結婚が認められずとも、お腹の子には旦那さまの財産を分けてもらう権利もあるのだ、そんなことまで言い出しました。

そんなことがあるはずがないよ、わたしは我に返って申しました。いいかい、ルタ。白い肌のお子さまと、黒い肌のお前が愛し合って結婚するだなんてことはできないのだよ。それは雨が降れば地面が濡れるということくらいたしかなことで、わたしたちにはどうしようも関わり合いのできないことなのだよ。

ルタはわたしの申しましたことに、ショックを受けているようでございました。可哀想に、わたしのルタはそんなことすらわかっていなかったのでございます。わたしは泣きだしそうになるルタの縮れた髪をそっと撫でようといたしました。

しかし、そのわたしの手をルタは振り払いました。わたしはまた驚いて、どうしたことかとルタを見ました。

ルタは見たことのない目をして、わたしを見つめておりました。ああ、ルタ、わたしの可愛いルタ。わたしはうわごとのように、そうつぶやきました。けれど、ルタは幼かった少女のころのように、わたしに笑いかけてはくれませんでした。それどころか、ルタは無表情にわたしを見つめるばかりです。

わたしは困惑して、それからそのルタの目に宿った光に見覚えがあることに気がつきました。

その目は、わたしにあの寒い夜のジョナサンを思い出させました。子供の死んだ、メルダを思い出させました。それから、旦那さまを怒らせたハリエットを、ほかのわたしを罵ったたくさんのメイドたちの目を思い出させました。

それはわたしに向けられた怒りでございました。そして、やはりそれはわたしに向けられた憐れみでございました。

どうして、わたしは過去にその目がわたしに向けられたときと同じように、胸の中で問いました。どうしてわたしはルタにこんな目で見られなくてはならないのでございましょう。なぜ、皆わたしをそんな目で見つめるのでございましょう。わたしは、言葉を失って立ち尽くし、その間にルタはお子さまのお部屋へ上がっていってしまいました。

それからほどなくして、上から言い争うような声が聞こえました。物を投げる音、壁を叩くような音が聞こえ、そしてとうとう部屋の扉が開き、ルタが泣きながら飛びだしてまいりました。その後ろを、お子さまが追いかけます。二人は、階段の降り口で争った挙句、ルタは足元をあやまり、あっという間に急な階段をごろごろと転げ落ちました。

どこをどう打ったのか、仰向けに寝転んだルタの背中からは、たくさんの血が流れ出し、物音を聞きつけた旦那さまが階段の上からルタと、その隣で立ち尽くすわたしをごらんになりました。

はやくそいつを外へ持っていけ！　旦那さまは大声で――昔ほどの大きなお声は出せないようでした――おっしゃいました。汚い血が、ほら、床に染み込んでしまう前に！

わたしはそのお声にはっといたしまして、慌ててルタを持ち上げようといたしました。けれど、もうめっきり肉も衰えた老婆のわたしでございます。しなやかに、若さが張り詰めたようなルタの身体を一人で運ぶことなど、不可能でございました。

何をしている！　はやくしろ！　それでも旦那さまはわたしに命令なさいます。ああ、本当にはやく、旦那さまのおっしゃるようにしなければ。わたしは、ルタを持ち上げるのを諦めて、こう逆さまに足を持ち、ずるずると勝手口から外へと運び出しました。

それじゃいけない、引きずったら汚れが広がるじゃないか！　そんなもん放り出して、さっさと床を拭け！　旦那さまがあんまりそうおっしゃるので、わたしは外の地面にルタをそのままにすると、すぐに雑巾を持ち出しまして、懸命に床の血を拭いました。バケツの中の水はすぐに真っ赤に染まり、その水を何度も換えて――旦那さまがそんな水をお屋敷のそばへやるなというので、わたしは納屋の裏まで走らねばなりませんでした――そうしてやっと旦那様の満足がいくほどに床が綺麗になりました。その旦那さまのうなずくのを見てから、わたしはこっそりとルタのところへ戻ったのでございます。

ルタは誰かの手によって、メイド小屋の中へ運ばれておりました。わたしが小屋へ入ると、そこへいた皆が一斉にわたしを振り向きました。ルタの様子は？　わたしはそう問いました。すると、皆は少し後ずさってわたしがルタのそばへ寄れるようにいたしました。

ルタ、大丈夫かい？　わたしはルタの汗の浮いた額に、皺だらけのがさがさとした手を置きました。ルタはすうっと目を薄く開けました。ルタは泣いているようでした。

寒いわ。ルタはそうつぶやきました。寒いなんて、そんなはずはございません。空からは真っ赤に照りつける太陽が、わたしたちの黒い肌をさらに黒く焼いているような季節でございます。赤ん坊はおりてしまった、と誰かが申しました。こんなところにはいられない、逃げてしまおう、また別の誰かが申しました。

お屋敷を出て、一体どうするつもりなの？　わたしは申しました。けれど、彼女たちは答えませんでした。ですから、わたしはもう一度言いました。そんなことを考えても、ろくなことはないよ。ここはイグネイシア――新しい、良い未来をはらんだたった一つの世界なのよ。これよりほかの世界など、あり得ないのよ。

わたしがそう言うと、どういうことか、皆がしんと静まりました。

いいえ、もうそんな時代ではないわ。沈黙を破って、わたしの後ろで声がいたしました。そうよ。こんなところだと知ったなら、わたしたちは暇をもらいます。ひどいところだと、仲間に訴えてやる。彼女たちは口々に言い、わたしはどうしたことかと、彼女たちの顔を振り向きました。

お婆さんも一緒に、こんなところやめちゃえばいいんですよ。一人のメイドが、ぽかんとしたわたしの手をぎゅっとつかみ、強い調子でそう言いました。彼女の目は真剣でした。彼女の手には張りがあり、力強い光がありました。わたしは混乱いたしました。わたしはルタをこのまま放っておけないと申しました。

放っておけなくても、あなたに何ができるのです。彼女は言いました。旦那さまはわたしたちのために、ここへ医者も呼んではくれない。ルタはここにいたら死んでしまうでしょう。

でも、わたしたちはそういうものでしょう、とわたしはうまく動かない口を必死で動かして言いました。ルタはとてもいい子です。けれど、白い肌のお子さまに逆らうなど、旦那さまのお怒りに触れることをしてしまった。だから、ルタはここで死んでしまうかもしれない。けれど、わたしたちは元からそういうものなのでございます。

彼女は眉をひそめてわたしを見つめました。それから信じられないというように首を振りました。そして、わたしのしわくちゃの手を握っていた熱い手を解き、目に涙を浮かべてうつむきました。

それが、あなたの言うイグネイシアなのですか。彼女はつぶやきました。肌が黒いというだけで、こんなにわたしたちは虐げられ、差別され、あまつさえ殺されすらします。この世界のどこに、新しい、良い未来を感じることができるのですか。あなたはこの世界が本当にイグネイシアだと信じているのですか。

　突然そんなことを言われても、わたしにはわかりませんでした。ですから、わたしは少し考えようといたしました。しかしそのとき、おい早く飯の支度をしろ、どこにいる！　納屋の外から旦那さまのお声がいたしました。はい、ただいま参ります！　反射的に飛びだそうとする私の肩を、彼女がつかみました。そして強い光の宿った目でわたしを見つめました。

　犬や猫のように呼ばれて、そうやって飛んでいくことはないのですよ。彼女は低い声で言いました。もし食事の用意が必要ならば、旦那さまが用意なさればいいことです。

　けれど、それはわたしがやらなければ、わたしがそう言いかけると、またせかすような旦那さまのお声が聞こえました。おい、早く、来いと言ったらすぐに来い！　そのお声に、わたしは矢も盾もたまらず彼女を振り切って外へ飛び出しました。ルタの手当てをしてやらなければ、という考えも頭をよぎりますが、まずは旦那さまのお食事をご用意しなければなりません。

　あんまり旦那さまに応えるのが遅れたので、わたしは鞭打たれることを覚悟しておりました。けれど、旦那さまはどうしてかそんなことは頭にないようすで、ちらりと呼びつけに参ったわたしを見たきり、お子さまとお話しされていらっしゃいました。

ですから、わたしは命が救われた思いでいそいそと台所へ入ったのでございます。ルタはその日の夜までは生きておりましたが、朝にはもう死んでおりました。たくさんの血が出てしまったことが悪かったのでしょうが、わたしにできることはございませんでした。……このルタのことが事件になったか、でございますか？　いいえ、どうしてメイド一人が死んだところで、誰が騒ぐことがありましょう。ええ、そういうものでございます。

事件などにはなりませんでしたが、ルタのことをきっかけに、メイドや下男たちは、明らかにわたしに対してよそよそしくなりました。そしてある朝、わたしはメイドの数が足りないことに気がつきました。

きっと、彼女は逃げたのでしょう。わたしはそう思い、何も申しませんでした。それに、残ったメイドたちにいなくなった者のことを訊ねても、きっと彼女たちはわたしの問いには答えないだろうと思いました。それどころか、わたしにとって不可解な、あの怒りと憐れみをあわせ持ったような目で見返してくるのでしょう。わたしはそんな目で見られることは、嫌でした。

それにメイドが一人や二人減ったとて、わたしのする仕事に変わりはございません。わたしはこれまでと同じように、自分の仕事をいたしました。広いお屋敷の隅から隅まで磨き上げ、旦那さまたちのお食事を用意し、旦那さまがわたしを呼べばどこにいてもすぐに飛んでゆきました。

けれど、姿を消すメイドは一人二人に止まりませんでした。彼女たちは次々に姿を消してゆきました。どこへ行ったのか、そんなことはわたしには関係のないことでございます。けれども、あんまりメイドの数が減るのは困りものでした。旦那さまたちへのお世話が、行き届かなくなるからでございます。

しかし、そのわたしの心配はすぐになくなりました。それと申しますのも、若旦那さまご一家が――もちろんお子さまたちもでございます――お屋敷からどこかへ出ていってしまわれたのです。わたしは少しほっといたしました。その時分には、広いお屋敷の中のメイドはわたしと、それからあと二人を数えるまでに減っていたからでございます。

ええ、けれどいくらお世話をする人の数は減ったとはいえ、メイド三人で、あの大きなお屋敷を切り盛りするのは大変でございました。それでもわたしは一生懸命に旦那さまにつとめました。

それから、もう何年か経ったころでございます。旦那さまの奥さまが老衰でひっそりと亡くなりました。そして、それを機に二人のメイドたちが姿を消しました。広いお屋敷は冷え冷えとして、急に寂しくなったような気がいたしました。すっかり婆となったわたしは、老いた旦那さまと二人きりになりました。

わたしは足腰も、目も、すっかり衰えて、お掃除も満足にできず、お部屋の隅に埃が浮いていることも多くなりました。けれど、旦那さまはそれを見ても、昔ほど口うるさくおっしゃらなくなりました。

それに、旦那さまはわたしよりもずっと年寄りでございます。ですから、旦那さまが以前のようにわたしを納屋の先に吊るし、鞭打つことなどできないだろうと思われました。わたしは身体に無理のない程度に、お仕えをするようになりました。

わたしはとても暇になりました。毎日少しのお掃除をして、旦那さまの分のお食事をつくって、それでもたくさんの暇な時間ができました。話をしようにも、わたしの他には誰もおりません。わたしは一人きりで、ただぼうっと窓の外を見つめることが多くなりました。

ええ、そうでございます。ですからその日の夜も、わたしは早くに暮れてしまった窓の外をぼうっと眺めていたのでございます。昼間は暖かいお屋敷の中も、日が落ちて夜になるとしんと冷えて、身体の節々が痛んでくるのでございます。わたしは手で痛いところをこう、こすって温めながら、夜の闇を見つめておりました。

こんなふうに冷えるようになると、昔はよく子供が死んだのだっけ、とふとわたしはそんなことを思い出しました。わたし自身は前にも申しましたとおり、子供に恵まれませんでしたから、そんな不幸を味わわずに済みました。可哀想なことでございます。そんなことを思っていますと、闇の中に、台所で冷たくなっていた子供の顔が思い浮かびました。

あれはだれの子供だっただろう、わたしは思いました。たくさん子供は死んだので、もうどれがどれの子供など、そんなことをわたしは考えたことがなかったのでございます。けれど、闇に浮かぶ子供の顔は、もしかしたらあれはメルダの子供だったかもしれませんでした。

メルダ。懐かしいその名前を、わたしは思い浮かべました。わたしのことを愚図と怒ったメルダ。わたしがそんなことを思い出しますと、死んだ子供の顔の隣に、メルダの顔も浮かびました。そしてメルダを思い出すと、わたしが好きだったジョナサンの顔も浮かびました。

彼らの顔は、何かわたしに訴えかけているようでした。あの時と同じような、怒りと憐れみを持った目がわたしを見つめております。わたしは、何か大事なことを忘れていたような気がいたしました。そう、あの夜のことでございます。ああ、あのとき彼らはわたしに何と言ったのでしたか。わたしはぼんやりした頭の中の記憶を、細い糸を辿るように思いだそうといたしました。

この手で世界を変えるんだ。

ああ、思いだしました。彼らはそんなことをわたしに言ったのでございました。世界を変えるなんて、そんな仰々しいことを申していたのでございました。そう、それからメルダとジョナサンと、そのときにお屋敷にいた大勢のメイドたちは、そう言ってわたしの前から姿を消したのでございます。わたしはふと考えました。あれから世界は変わったのでございましょうか。

わたしがそんなことを思っていると、闇の中に、また別の顔が浮かんでまいりました。ああ、あれはハリエットでございます。旦那さまの新聞を読み、棒で打たれたハリエット。彼女もまた、燃えるような目をいたしておりました。

彼女は世界を変えたかったのでしょうか。わたしはよくよく考えました。ハリエットが死んだあと、わたしを、裏切り者と罵ったメイドたちがおりました。そういえば彼女たちはハリエットの望むものを知っていたのでございましょうか。

ああ、そして闇に浮かんだ新しい顔！　あれは、ルタ、わたしの可愛いルタでございます。わたしは、もう痛むところをさするのを忘れて、冷たい窓ガラスに手を押しつけました。ああ、どうしてルタは死んでしまったのでございましょう。彼女が白い肌のお子さまに逆らうなんて、そんな馬鹿なことをしなければ、今も彼女は生きていたはずなのに！　わたしの胸は、今さら張り裂けそうに痛みました。

そして――わたしはガラスに体温を奪われていく手をそのままに、闇の中にまた別の顔を探そうとしました。そして――そうでございます、ルタが死んだあと、いなくなってしまった若いメイドたち。彼女たちはわたしに、もう白い肌の人々に虐げられる時代ではないと言いました。そしてその言葉どおり、彼女たちはどこかへ去っていってしまいました。

みんなこのお屋敷から出て、どこかへ行ってしまいました。それぞれに求めるものを知り、ここにわたしを残して。

それなのに、わたしは――わたしは――。

わたしは、窓に映る皺だらけの自分の顔を見つめました。わたしの世界はこのお屋敷の中にありました。わたしは、わたしの求めるイグネイシアを信じました。そして、旦那さまに一生懸命におつとめしてまいりました。新しい、良い未来をはらんだ世界、それはわたしの過ごしてきたこのお屋敷であったはずだからでございます。それは、いつか来る未来であったはずだからでございます。

――未来？　未来ですって？　わたしは思わずくすりと笑いました。

窓に映ったわたしが、皺だらけの顔のくせに、少女のような笑顔を浮かべました。わたしが笑うのと同時に、闇の中に浮かんだ、わたしの思い出たちも、笑いました。でも、彼らはわたしのようにくすくすと、さもおかしげに笑っているわけではありませんでした。彼らはわたしをあざけって笑っている、そのことが今のわたしにははっきりとわかりました。

そのことがはっきりとわかっていても、わたしは笑い続けました。わたしの笑い声は奇妙な音を奏でました。そしてわたしの目からは涙がこぼれました。それほどわたしは笑いました。だって、わたしは可笑しくってどうしようもなくて、そして悲しくって仕方がなかったのです。

未来、未来ですって！　わたしは、とうとう声に出してそう言いました。若いころはやわらかだったこの声も、ルタのように若さが張り詰めていたこの身体も、わたしはもう失ってしまっていました。毎日を、それだけを過ごすことだけに気を取られて、気がついてみればわたしはとんでもないくらいの婆になっていたのです。

それなのに、わたしはまだ良き未来を待っているのだ！　わたしの腹はよじれて千切れそうでした。一体いつになったら来るというのだ、その未来は。新しく、良い、わたしの世界は！

わたしはやっと、本当にやっとのことで、わたしの前から去っていった黒い肌の者たちが望んでいたものを知ったのでございます。それはわたしの望む未来と同じでいて、全く違う——皆にとっての新しく良い未来をはらんだ世界——イグネイシアだということを。

わたしは笑うのをやめ、目尻の皺に入りこんだ涙を拭い、夜の闇に目を凝らしました。わたしの黒い肌が溶け込んでしまうような、夜の闇。その中に、わたしと同じ肌色をした皆の魂は溶け込み、わたしをじっと見つめ返しているようでした。

本当に、本当にわたしは馬鹿でした。愚かでした。このお屋敷という世界の中で、わたしだけが空を見上げず、足元の地面ばかりを見ていたのだと、わたしはこのとき初めて気づきました。鞭打たれることを知りながら反抗した下男も、お腹の子の権利を主張したルタも、わたしが見ようとしていなかった空を見上げていたのです。

わたしが裏切り者だと罵られるのは当然でした。白い主人の黒い犬とあざけられるのも当然でした。わたしは、わたしの足元に地面があったから、ただそれだけで、その地面を歩くことに夢中で、周りの人々のことを何も考えてはいなかったのです。だから、皆わたしの元から去り、わたしはここで一人ぼっちになってしまったのです。

待っていても、世界は変わらないのだ。未来は良きものに変わらないのだ。わたしはやっとそのことに気付いたのでございます。わたしは寒さにこわばった膝を伸ばし、痛みをこらえながらメイド小屋から出ると、勝手口を開け、台所にゆきました。このところ物騒だとおっしゃって、旦那さまはお屋敷の戸締りを厳重にいたします。けれど、わたしは旦那さまの信用を得た、たった一人のメイドでございます。ですから、すべての鍵は、わたしが持っておりました。わたしは戸棚の中から、今日の夜に研いだばかりの包丁を取り出しました。

旦那さまはまだ眠っていらっしゃいません。その証拠に、部屋の明かりが小さく灯っているのが見えます。薄明るいお屋敷の中で光る包丁を、わたしの黒い両手が握っております。

旦那さまのお部屋へ――身ごもったルタが突き落とされた階段を、わたしは登りました。わたしが毎日水拭きをした床は、染み一つなく、ぴかぴかに光っております。二階の窓から見える納屋の先には、太い縄はもう吊るされておりません。窓の外から、闇がお屋敷を覗き込んでおります。わたしは旦那さまの寝室の扉をノックもせずに開けると、中へ入りこみました。

何だ、こんな遅くに、とこちらを振り向きもせずに旦那さまがおっしゃいました。おかしなものでした。旦那さまはあんなに物騒だとおっしゃられていたのに、わたしのことなどまるで警戒しておられないのです。けれど、きっとそれは、馬鹿で愚かなわたしが何十年もかかって積み上げた信用なのでした。

わたしは旦那さまの目の前にのろのろと回り込み、ピカリと光る包丁が旦那さまの胸を刺し抜きました。骨と皮ばかりに老いた、わたしの旦那さまは抵抗もせず、ただ驚いたような顔をしていらっしゃいました。

わたしはしばらく両手に力を込めたまま、包丁の柄を握っておりました。そうしているうちに、そのまま旦那さまは目を閉じ、お亡くなりになりました。

動かなくなった旦那さまを見て、血だらけのわたしの両手をやっと包丁から離して、わたしはじっと、何も見逃さぬよう、聞き逃さぬよう、佇んでおりました。わたしの世界は、今、変わったのでしょうか。わたしはそれが知りたかったのでございます。

窓の外は先ほどと変わらぬ闇が、じっとわたしを見つめておりました。わたしがしたことの一部始終を、その闇の中に溶け込んだ彼らの魂はすべて知っているように思いました。

イグネイシア——わたしの黒いこの両手で切り開いた、新しい、良い未来をはらんだ世界。それはわたしだけのためではなく、わたしと同じ黒い肌をした者たちのための未来。その未来が良きものであるよう、わたしは祈りました。夜はさらに深まり、そして今度は反対に闇が消えてゆきます。その闇が消えるまで、わたしは彼らの魂に祈りをささげたのでございます。

ええ、それから先は、みなさまのほうがよく知っていらっしゃることばかりでございます。

わたしは、旦那さまを殺した奴隷として、みなさまの注目を浴びました。五十年も前に廃止された奴隷が、未だに存在したこと、そしてその忠実なはずの奴隷が主人を殺したこと。みなさま方は、わたしのこと、そしてわたしのいたしましたことを、驚きを持って広めてくださいました。そして、わたしの存在は大きな反響を呼んだのだということを知りました。

その中で、みなさまの疑問は一点に集中してございました。ええ、みなさま方も今、こうして不思議に思っていらっしゃる——どうしてわたしが旦那さまを殺したのかということでございます。

ええ、旦那さまはもうかなりのお年でしたから、わたしがわざわざ手を下さなくとも、あと何年かの寿命でお亡くなりになったでしょう。どうしてそれまで待てなかったのか、とみなさま方はそれをお訊きになりたいとおっしゃるのですね。

そうでございますね、わたしを捕まえた警察の方は、わたしが旦那さまを憎んでいたんだろう、とそうおっしゃいました。旦那さまへの長年の恨みが、積もりに積もって殺したのだろう、と。ええ、しかしわたしは旦那さまを恐ろしいとは思っても、恨んでなどおりませんでした。——黒い肌の仲間が死んだことに、復讐をしたかったのだろう？　いいえ、それも正しくはございません。ええ、そうでございますね、ゴシップ紙が書かれましたように、わたしが旦那さまに横恋慕しておりましたわけでも、無理心中を図ったわけでもございません。

わたしは長年、愚かでした。愚かで、馬鹿で、自分のことしか考えたことのない、どうしようもない人間でございました。わたしは、そのことにようやく気付くことができただけなのでございます。

ええ、わたしは、旦那さまが憎くて殺したわけではございません。わたしは、わたしの世界を、やっとこの手で変えただけなのでございます。

あとがき

その夜、テレビに映し出されたのは、戦争の只中にあるという中東のどこかの国だった。

土埃の舞う廃墟を背景に、立派な口ひげを蓄えた男性が怒っていた。爆撃で子供が死んだ、町は瓦礫の山になった、これからどうやって生きればいいんだ、あんたたちは俺に死ねと言うのか――そんなようなことを叫んでいた。

戦争のニュースは気が滅入る。非情な現実を目の当たりにしながら、さらには強く同情をそそられながら、それでも自分がこれからも何ら変わらない生活を送り続けるのだと、私は知っているからだ。

私はチャンネルを変えようとした。それだけで、私の現実は切り替わる。それも十分に知っている。

けれど、結果的に私はそうしなかった。怒る男性の背後の壁、そこに目が吸い寄せられた。壁は穴だらけだった。どう考えても、それは銃弾の痕だった。私は子供のように、指をその穴に突っ込んだ。粉になったコンクリートがざらざらとして、金属片が爪に触れた。十分にその穴を堪能すると、他の穴にも次々に指を突っ込んだ。

そこで生まれたのがアリーだった。アリーは現代日本に生きる私の思考を持ち合わせ、土埃の舞う空を見上げて、こう思った——国と国との争いの中に、一人はとてもちっぽけだ。それが例え世界中から愛される一人だったとしても、この世界を変えることはできないだろう、と。

それがこの物語の始まりで、物語が行き着くべきたった一つの結末だった。

本書は、二〇一八年三月、弊社より刊行された単行本を加筆、修正し、文庫化したものです。

本作品はフィクションであり、実在の人物、団体等とは一切関係はありません。

文芸社文庫

ブラッドライン

二〇二一年十月十五日　初版第一刷発行

著　者　黒澤伊織
発行者　瓜谷綱延
発行所　株式会社　文芸社
〒一六〇－〇〇二二
東京都新宿区新宿一－一〇－一
電話　〇三－五三六九－三〇六〇（代表）
〇三－五三六九－二二九九（販売）

印刷所　図書印刷株式会社
装幀者　三村淳

ISBN978-4-286-23019-1